中华先锋人物
故事汇

李宏塔
老房子里的传家宝

LI HONGTA
LAO FANGZI LI DE CHUANJIABAO

闫耀明 著

党建读物出版社　接力出版社

图书在版编目（CIP）数据

李宏塔：老房子里的传家宝 / 闫耀明著. -- 南宁：接力出版社；北京：党建读物出版社，2025. 1. （中华人物故事汇）. -- ISBN 978-7-5448-8863-9

Ⅰ. I247.5

中国国家版本馆CIP数据核字第2025PP3878号

李宏塔——老房子里的传家宝

闫耀明　著

责任编辑:	车　颖　商　晶　朱瑞婷
责任校对:	杨　艳　刘哲斐　杨少坤
装帧设计:	刘　迪　　美术编辑: 王　雪
出版发行:	党建读物出版社　接力出版社
地　　址:	北京市西城区西长安街80号东楼（邮编:100815）
	广西南宁市园湖南路9号（邮编:530022）
网　　址:	http://www.djcb71.com　　http://www.jielibj.com
电　　话:	010-65547970/7621
经　　销:	新华书店
印　　刷:	北京科信印刷有限公司

2025年1月第1版　　2025年1月第1次印刷
787毫米×1092毫米　32开本　4.25印张　62千字
印数：00 001—10 000册　定价：22.00元

版权所有　侵权必究

质量服务承诺：如发现缺页、错页、倒装等印装质量问题，可直接联系本社调换。
服务电话：010-65545440

目录

写给小读者的话 · · · · · · · · · · · · · 1

一个全新的世界 · · · · · · · · · · · · · 1

一块银圆的故事 · · · · · · · · · · · · · 7

第一次当"官" · · · · · · · · · · · · · 13

两袋葡萄干 · · · · · · · · · · · · · · · · 19

出色的农垦兵 · · · · · · · · · · · · · · 23

"不普通"的普通工人 · · · · · · · · 33

和自己比赛 · · · · · · · · · · · · · · · · 41

青春,在实践中闪光 · · · · · · · · · 47

父亲的教诲 · · · · · · · · · · · · · · · · 55

亲爱的自行车·············59

同饮一江水··············67

在地图上奔跑············75

"查出来"的好干部········83

老百姓的事就是大事······91

没有路的地方············97

孩子们的笑脸···········103

为了可爱的孩子·········107

荣获"七一勋章"········113

红色家风代代传·········119

写给小读者的话

亲爱的小朋友，如果我问你，什么是家风？你能回答上来吗？

家风，是指一个家庭或者家族世代相传的风尚。家风，以及家族成员长期恪守的家训、家规，是具有鲜明特征的家庭文化，是一个家族最为宝贵的精神财富。

为了传承弘扬好家风，很多家族都对家族成员能做什么、不能做什么有明确要求，这些一般都是"向内"的，规范本家族成员的言行。

这里，我向大家介绍的李宏塔的家风，除了"向内"，还具有"向外"的特点，那就是家族成员要为人民做些什么。

因为李宏塔的家风是从他爷爷那里传承下来的，是红色的家风。李宏塔的爷爷，就是我们中国共产党主要创始人之一——李大钊。

我在合肥采访了李宏塔。老人家很随和，微笑着给我讲述了他是如何传承红色家风的。我强烈地感受到，发生在李宏塔身上的一个个小故事，他的一言一行，无不体现着共产党人的初心和使命，体现着一心为民的红色家风。

他当农垦兵，处处当先锋，磨砺自己。

他当工人，却不只是个普通工人，努力自学，钻研技术。

他在共青团工作，善于激发年轻人的创新精神。

他在民政部门工作，一心为百姓着想，有空就到基层调研，解决老百姓关心的实际问题。

他在抗洪抢险第一线，拿着地图奔走，做好受灾群众的安置工作。

他在工作中敢于碰硬，善于解决棘手问题。

他清正廉洁，对自己要求非常严格。

……

李宏塔所做的这一切,都是因为他心里有一条看不见的红线——传承红色家风。

李宏塔的先进事迹,感动了他身边的人,也感动了广大人民群众。他是人民心中的好干部。

在庆祝中国共产党成立一百周年之际,中共中央向为党做出杰出贡献、创造宝贵精神财富的党员授予"七一勋章"。

李宏塔光荣地获得了"七一勋章"。

李宏塔说:"一代人有一代人的使命和担当。把历史故事讲给现代人听,把革命故事讲给年轻人听,坚持弘扬伟大建党精神、赓续红色血脉,也是我退休后一直在做的事情。"

小朋友,就让我们一起走进李宏塔的故事吧。

一个全新的世界

小朋友，你知道新中国是哪一天成立的吗？

对啦！中华人民共和国是一九四九年十月一日成立的。这天下午三点，开国大典在北京天安门广场举行。毛泽东主席站在天安门城楼上，用他那洪亮的声音，向全世界庄严宣告："中华人民共和国中央人民政府今天成立了！"

毛主席的声音通过无线电广播传遍了祖国的大江南北，传到了全世界。

在北京市委宿舍一个房间里，一个刚刚四个月大的小婴儿似乎听到了这激动人心的声音，熟睡中的他忽然睁开了眼睛，打量着眼前慈祥的妈妈，也打量着这个全新的世界。男婴笑了。

这个微笑的男婴，就是李宏塔。

看着妈妈田映萱眼里含着激动的泪水，脸上荡漾着无比激动的表情，看着依偎在妈妈身旁喜笑颜开的姐姐李乐群，李宏塔好像觉得笑已经不能代表他的小小心思了，他咿咿呀呀地发出叫声。

"中华人民共和国成立了！中国人民当家做主人了！"妈妈激动地说。

李宏塔仿佛听懂了妈妈的话，发出的叫声更大了。

李宏塔是一九四九年五月在北平出生的。北平，就是现在的北京。

这天，开国大典要在天安门广场隆重举行，妈妈特意去托儿所把李宏塔接了回来，抱着他坐在收音机前，一起收听开国大典的实况转播。

此时李宏塔还太小了，不知道爸爸妈妈是做什么的，他只看到了妈妈脸上的笑，却没有看到爸爸的身影。

李宏塔当然看不到爸爸，因为爸爸作为开国大典的主要组织者之一，正在工作岗位上忙碌着。

李宏塔的爸爸叫李葆华，当时正担任重新成立的北平市委第二副书记。而李宏塔的爷爷，是中国共产党主要创始人之一——李大钊。

这一天，中国进入了一个全新的世界，苦难深重的中国人民从此站起来了。这是爷爷李大钊期盼并为之奋斗的新世界，这是爸爸李葆华、妈妈田映萱以及千千万万共产党人艰苦斗争换来的新世界。

李宏塔虽然很小，但是他亲眼见证了这个新世界的诞生！

当时妈妈担任中共长辛店机车车辆厂党委副书记兼宣传部部长。爸爸妈妈的工作都太忙了，没时间照顾李宏塔，只好把出生仅有十九天的李宏塔放到全托的托儿所，让他在那里一点点长大。

转眼，李宏塔六岁了。可是，快要上学的李宏塔竟然连数数都不会。

妈妈着急了。此时妈妈刚被任命为北京第一棉纺织厂党委书记、副厂长，这是一家刚刚投产不久的工厂，妈妈的工作依然十分繁忙。好在工厂新建了幼儿园，妈妈就把李宏塔转到了这里。虽然和全托比起来，在幼儿园要每天早上送晚上接，妈妈要辛苦一些，但是李宏塔在这里可以接受一点儿学前教育，这让妈妈感到一丝欣慰。

一九五六年秋，李宏塔成为一名小学生。去哪所学校上学，让妈妈费了一番心思。李宏塔的哥哥姐姐都在八一学校，那是一所住宿制学校，但是李宏塔才七岁，八一学校离家较远，去那里上学，不太方便。于是，妈妈决定把李宏塔送到北京第一实验小学。

北京第一实验小学创办于一九一二年，是北京第一所具有实验和示范性质的小学。学校的办学目标是"吸纳世界最新学理加以试验，为全国小学改进之先导"。学校非常注重学生对知识的掌握和个人修养的培养，在培养道德、遵守规矩、维护秩序、勤劳节俭等各个方面，对师生都有明确的规定，要求师生认真践行。学校良好的风气对刚刚接触学校教育的李宏塔来说，无疑是十分重要的，对他的道德、品格和习惯的养成起到了潜移默化的作用，也为后来李宏塔践行良好家风，关心百姓生活奠定了基础。

李宏塔在北京第一实验小学学习了五年。一九六一年，李宏塔要上六年级了。这一年，李宏塔的爸爸妈妈被调到了位于上海的中共中央华东局机关工作，他也要随着父母去上海了。

要离开北京了，李宏塔有点儿不舍。这天，他和几个要好的同学在大街上边走边说着惜别的话。走到阜成门外护城河边，要过桥时，有的男同学不好好走过去，而是翻到桥的护栏外面，踩着不宽的小台阶走，脚下就是护城河。李宏塔急忙把同学拉回来说："走路也得守规矩，不然会有危险的。"

跟着爸爸妈妈来到上海后，李宏塔在上海市高安路第一小学上学。

上海是南方城市，与北京有很大差别，而且高安路第一小学很小，连操场都没有，上海人说话，李宏塔也听不懂，这些都让他不太习惯。好在这所学校也有优点：一是离家很近，每天走路上下学就可以；二是学校里也有很多学生是外地来的，不全是说上海话，李宏塔与同学们交流起来并不困难，时间长了，也就习惯了。

转眼小学毕业，李宏塔要考中学了。李宏塔的学习成绩一直很好，尽管爸爸妈妈对他的学习很少过问，他还是顺利地考上了上海市第五十四中学。

这所学校与高安路第一小学仅有一墙之隔。

走进中学,李宏塔迈入了人生的又一个重要阶段。

一块银圆的故事

关于爷爷李大钊,李宏塔经常听爸爸妈妈说起,他们在闲暇时也会给孩子们讲爷爷李大钊的故事。李宏塔上学后,识字了,在书中看到了李大钊的事迹,对未曾见过面的爷爷有了更多的认识。在李宏塔的心里,爷爷一点儿也不陌生,是那么熟悉,那么亲切。

爸爸妈妈讲的爷爷的故事,都是一些琐碎的日常小事,但是,李宏塔从这些小事中看到了爷爷李大钊是怎样做人、做事的,不知不觉受到了感染和教育。

一块银圆的故事,让李宏塔深深震撼。

爷爷李大钊和奶奶赵纫兰共生育了六个孩子,

除了大姑李钟华早逝外，爷爷奶奶养育了爸爸、二叔、三叔、二姑、三姑等五个孩子。家里人口不少，但是爷爷是北京大学教授，每个月的工资加上发表文章的稿费，收入要在三百块银圆以上。这样的收入在当时是很高的——那时一般职员月收入也就几块银圆，便可以养家——凭爷爷的收入，他们家完全可以过上很富裕的生活。可是，爷爷李大钊对家人的要求非常严格，自己也十分节俭，"黄卷青灯，茹苦食淡，冬一絮衣，夏一布衫"。他没有在北京购置房产，每个月都要拿出八十块银圆作为党的活动经费。他还经常接济贫苦的进步青年，有时手上的钱花没了，就预支自己的工资，甚至出现了家里没有钱买粮的情况。工资很高却生活清苦是爷爷李大钊生活的真实写照，就连北京大学校长蔡元培都看不下去了，只好专门让学校的会计每月预先从李大钊的工资中扣下五十块银圆直接交给奶奶赵纫兰。

李大钊用自己的实际行动，为一家人树立了忠于信仰、严守节操、清正勤谨、恭德慎行的家风。

一九二七年四月二十八日，爷爷李大钊被反动军阀残忍杀害。他的遗产，竟然只有一块银圆。

爸爸说，爷爷牺牲的时候，他还不满十八岁。当时，家里几乎没有什么家具，不多的生活用品全是旧的，只能勉强使用。他和弟弟妹妹们的衣服也都是旧的，很少添置新衣服。

一块银圆的故事，当年的《晨报》和《京报》都做了报道。很多人不敢相信这是真的。然而，这是真实地发生在爷爷李大钊身上的故事。

爸爸给李宏塔讲述一块银圆的故事，讲得自然平静，没觉得这有什么不正常，他认为这是一名中共党员应该具有的品行。

因为没有钱，无法安葬爷爷，他的遗体先是放在宣武门外长椿寺，后又转到浙寺，一放就是六年。这六年，奶奶带着孩子们艰难度日，吃了上顿没下顿。章士钊、鲁迅等爷爷的生前好友得知情况后，纷纷解囊相助，才让一家人不至于挨饿。

六年后，奶奶感到自己的身体很差，时日不多了，便请求李大钊生前的同仁出面将爷爷李大钊妥善安葬。于是，蒋梦麟、周作人等十三人联合发起了社会募捐活动，决定为爷爷李大钊举行公葬。募捐活动获得捐款两千三百多块银圆。一九三三年四月二十三日，河北革命互济会举办了公葬活动，虽然反动当局重重阻挠，派军警到现场抓人，但是仍然有七百多人参加，爷爷李大钊的棺木得以安葬。

一块银圆，生动地反映了爷爷李大钊舍小家、顾大家，为党的事业倾其所有的高尚品德。

李宏塔在书中读到了爷爷李大钊在创建中国共产党的历史伟业中所起到的巨大作用。

一九一七年，俄国十月革命胜利后，李大钊看到了中华民族争取独立和中国人民求得解放的希望，他断言："试看将来的环球，必是赤旗的世界！"

一九一九年，五四运动爆发，李大钊热情投入并参与领导了这次反帝反封建的爱国运动，提出了建立中国共产党的主张。一九二〇年二月，他积极营救被捕入狱的陈独秀，护送陈独秀出京，一路上两个人就建党的问题充分交换了意见，这就是"南陈北李，相约建党"的开始。

李大钊是中国最早的马克思主义者和共产主义者，是马克思主义中国化最早的探索者之一。对于早期中国共产党人来说，李大钊是他们心目中的精神领袖。陈独秀曾自谦地说："'南陈'徒有虚名，

'北李'确如北斗。"

一九四九年三月，毛泽东率领中共中央机关从河北西柏坡进京，望到北平的城墙时，他感慨地说："三十年前我为了寻求救国救民的真理而奔波。还不错，吃了点苦头，在北平遇到了一个大好人，就是李大钊同志。可惜呀，李大钊同志已经为革命献出了宝贵的生命。他是我真正的老师呀！没有他的指点和教导，我今天还不知道在哪里呢！"

通过爸爸妈妈讲述爷爷李大钊的故事，从书中读到爷爷李大钊的事迹，李宏塔开始了思索。他想起爸爸几乎没有给他讲过大道理，也没有规定他可以做什么、不可以做什么，而是用实际行动给他做表率。渐渐地，从爷爷的故事中，从爸爸的一言一行中，李宏塔受到了潜移默化的影响，共产党人的革命传统和艰苦朴素、严于律己、一心为民的优良作风，在他的心里逐渐扎根，这也是他对于传承李家优良家风的深刻总结。

多年后，李宏塔曾说，我可以从父亲的身上看到我爷爷的样子，父亲跟着爷爷学，我就跟着父亲学。优良的家风就像传家宝，一代一代往下传。

第一次当"官"

一九六二年九月,新学期开学了。考入上海市第五十四中学的李宏塔一走进校园,就发出"哇"的一声惊叹。

因为他看到校园里有一个操场!

在高安路第一小学读书的时候,校园里没有操场,个子高、爱运动的李宏塔觉得很遗憾。现在他可以发挥特长,尽情奔跑啦!

说跑就跑,李宏塔甩开两条长腿,在操场上奔跑起来。虽然操场的形状不太规则,但是这并不影响李宏塔奔跑。他脸上带着笑,美滋滋地跑着。

有的同学站在一边看着,不时交头接耳。他们不知道李宏塔内心的喜悦,只是觉得这个初一新生很有意思。一位老师模样的人也注意到了李宏塔，驻足看了许久。可是李宏塔没有注意到别人的目光，他跑得很投入。

李宏塔觉得心情舒畅。他一点点放慢速度，同时调整自己的呼吸，最后慢慢走出了操场。李宏塔在校园里转了转，看到教学楼一侧写着"亦悦"。他端详了一阵，觉得这个楼名起得不错，很是雅致。

李宏塔被分到了初一（二）班。班主任老师走进来，先是进行自我介绍："我叫林松云，是你们的班主任。今后，我们就一起努力，完成好初中三年的学业。"

在安排班干部的时候，林老师叫起了李宏塔，说："你个子高，奔跑起来很轻松，步频、步幅以及呼吸都保持得很好，体育委员就由你来当吧。"原来，那天看李宏塔跑步的老师正是林老师。

这是李宏塔走进校园以来，第一次当上班干部，他心里有点儿激动。李宏塔暗暗打定主意：既然班主任林老师这么信任自己，那就要把这个体育委员当好，不辜负老师的期望。

第一次当"官"

上体育课的时候，李宏塔会帮助体育老师组织学生开展运动，做老师的得力助手。特别是组织列队、做操等活动时，他总是站在队伍的前面，指出同学们做得不到位的地方。

"曹琦，两条胳膊摆动幅度要对称。"

"方为群，做弓步时，膝盖不能超过脚尖。"

李宏塔细心地指点着大家做操。

要让大家把体操都做好，首先要自己先做好，因为自己是体育委员。李宏塔明白这个道理，在体育老师教他们做体操时，李宏塔听得特别认真，细心地体会着每个动作的要领，甚至思考为什么要设计这样的体操动作，每个动作锻炼的是身体的哪个部位。不懂的地方他就问体育老师。放学后回到家里，他都会把白天新学的体操动作再练习几遍，掌握动作要领。

李宏塔是个负责任的体育委员，深得班主任林老师和体育老师的喜爱。

转眼，初一学年结束了，李宏塔也要离开上海市第五十四中学了。因为爸爸妈妈的工作又调动了，他要随着爸爸妈妈去合肥继续上学。

一九六三年九月，李宏塔来到安徽省合肥市第一中学初中部学习。又是新的学校，又是新的同学，但是李宏塔的适应能力很强，他很快融入了这个全新的集体。

让李宏塔高兴的是，合肥一中的校园可比上海市第五十四中学大多了，操场非常宽敞，跑道也很标准。

李宏塔忍不住了，他来到操场上，沿着跑道奔跑起来……

二〇二二年六月六日，李宏塔应邀回到母校合肥一中参观，他感慨万千。这所名校为国家、社会培养了大批的杰出人才，这里走出了多位中国科学院院士，著名物理学家、诺贝尔物理学奖获得者杨振宁是他的校友。

李宏塔为自己能从合肥一中走出去而感到自豪。

李宏塔在合肥一中读了两年初中，这两年，他觉得自己就是在一条人生的跑道上奔跑，他在这里学到了知识，也学会了做人。正如校训说的那样：怀天下抱负，做未来主人。

两袋葡萄干

放学了,李宏塔回到家,发现桌子上放着两袋圆鼓鼓的纸包,仔细一看,里面装着葡萄干。

一下午在学校上课、运动,李宏塔早就饿了。葡萄干是新鲜玩意儿,以前没吃过,李宏塔不由得咽了咽口水。

不知道哪里来的葡萄干,家教很严的李宏塔知道不能随便吃,就问家人。

家人说:"那两包葡萄干是一个从新疆来的叔叔带来的,你可以吃。"

李宏塔高兴极了,拆开一包葡萄干吃了起来。"嘿!真甜!"李宏塔吃得美滋滋的。

吃了一些之后,李宏塔把剩下的葡萄干包好,又放在了桌子上，然后回到房间里看书、写作业去了。

晚上，爸爸下班回到家，看到了那两包葡萄干。跟家人问明情况后，爸爸生气了，把李宏塔叫到客厅里，问："那葡萄干你吃了？"

一看爸爸的态度不对劲，李宏塔的心紧了起来。他没说话，只是点点头。

爸爸站在桌子边，指着葡萄干，厉声说："别人送来的东西是不可以随便吃的。你已经是中学生了，这点起码的道理都不懂吗？"

李宏塔低下了头说："爸爸，我错了。"

爸爸的态度缓和了下来，提醒李宏塔："要记住，我们只有一个权利：为人民服务。做了一点儿工作，就收礼物，这不是共产党员干的事。"

说完，爸爸把那包被李宏塔吃掉一些的葡萄干留了下来，却从衣兜里拿出一些钱，连同另一包还没拆开的葡萄干一起装进袋子里，派人给新疆来的同事送了回去。

李宏塔默默地看着爸爸做的这一切。回到房间里，他好一阵没有写作业，在想刚才的事情，而另一件事又在脑海中浮现了出来。

那是李宏塔还在上海读小学的时候，有一天，他和弟弟放学回到家，发现家里来了陌生人。平时，经常有一些李宏塔不认识的人来家里和爸爸谈工作，李宏塔早已经习惯了。他和弟弟礼貌地冲那人打个招呼就准备回屋了。

可是，那个人叫住了他们，问道："你们小哥俩喜欢看足球赛吗？"

李宏塔不假思索地回答："喜欢！"

李宏塔说的是实话，他喜欢运动。

几天后，李宏塔兄弟俩就收到了那个人寄来的两张足球票。

李宏塔不知道，那个人就是当时的上海市体委主任杜前。他是来看望爸爸的，爸爸曾经是他的老领导。

李宏塔还不知道，收到了足球票，爸爸虽然没说什么，却给杜前寄去了两张足球票的钱，一共一元四角。当时一张足球票的价格是七角钱。

后来，这件事在上海市直机关和华东局机关广为流传，李宏塔在更久以后才知道。

也就是在这件事中,李宏塔第一次听到一个词——一尘不染。这个词比喻做官清廉,或人品纯洁高尚,丝毫没有沾染坏习气。

而通过这件事,李宏塔知道自己的爸爸李葆华就是个做官清廉的人。

多年后李宏塔在回忆自己的父亲时说:"在我们家,一向是身教大于言传。"

出色的农垦兵

一九六五年,李宏塔在合肥一中读完中学,以优异的成绩考取了解放军南京军区机要学校。

看着身穿军装、精神帅气的李宏塔,爸爸李葆华叮嘱他:"路是自己选的,既然选择了,无论如何都不能放弃。你不是什么天之骄子,身上也不会有任何特权。到部队要准备吃苦,吃大苦。不能吃苦,就不能成人!"

爸爸的叮嘱就是李宏塔前进的动力,他在心里默默地说:"放心吧,我做好准备了。"

就在李宏塔穿上军装,准备到军校好好学习知识的时候,因为军队院校设置的调整,李宏塔还没有走进军校,就被编入了陆军部队,成为一名解放军战士。

李宏塔服役的部队是陆军第二十七军八十师二三八团。这是一支有着光荣传统的部队，曾于一九四九年五月参加上海战役，攻进了上海市区；一九五〇年十一月入朝作战，在抗美援朝战争中立下了赫赫战功。李宏塔到来的时候，部队驻地在江苏省溧阳县河口农场，除了进行军事训练，还要从事农业生产。

部队在农场的营房是大房间，三十多名指战员按照各班的顺序安排床位。李宏塔在一班，和副班长朱亚云住在同一个双层铺。朱亚云看李宏塔高高瘦瘦的，又是个学生兵，便让李宏塔睡在下铺，自己睡上铺。

当一名农垦兵，是李宏塔事先没有料到的，但是受过良好家庭教育的李宏塔耳边时刻响着爸爸的叮嘱。

"嘟——嘀——嘀——嘟——"起床号吹响了，李宏塔迅速起床，开始整理内务。整理内务看似简单，实际上很有难度，因为部队要求的标准是"整齐划一"，其中，"技术含量"最高的是叠被子。

有的小朋友可能觉得，叠被子有什么难的呀？我都能把被子叠得整整齐齐的，爸爸妈妈还夸我能干呢。可是，在部队里，叠被子可是有很多要求的，最终的效果，就是被子被叠成"豆腐块"。

开始的时候，李宏塔叠的被子很不规整，离"豆腐块"差远了。可是他并不气馁，而是利用休息时间进行练习，反复叠。

可是反复练习后还是叠不出"豆腐块"。李宏塔看着自己的被子，开始动脑筋了。要想叠成"豆腐块"，一定是有技巧的。他和几个新兵找来木板，对叠好的被子进行固定塑形，从中寻找叠被子的技巧。经过大家认真研究，反复试验，终于叠出了线条清晰、棱角分明的"豆腐块"。

部队战士进行军事训练，为的是增强体能，提升军事素养，这也是每一名战士的必修课。李宏塔在军事训练过程中，总是从严要求自己，他心里有一个基本目标，那就是按照爸爸李葆华叮嘱的那样，先吃苦，后成人，做一名优秀的解放军战士。

一九六六年临近春节的一天，战士们进行了一天的瞄准投弹训练，刚刚进入梦乡，忽然，军号吹

响了。这是紧急集合的命令，李宏塔迅速起身，几分钟就打好背包，带好武器，和战友们跑到门外列队，听候命令。

部队首长下达了半夜紧急拉练的命令，李宏塔跟着大部队，冒着严寒，快速冲出营区，来到公路上。此时正是严冬季节，路面上覆盖着积雪，被行驶的车辆碾轧后变成了冰，在这样的路上奔跑，既吃力，又容易滑倒。

李宏塔咬着牙，努力地跟着部队前进。此时李宏塔入伍还不到一年，体力上还不如老兵。二十公里过去了，李宏塔渐渐觉得吃力了，脚步一点点慢下来。朱亚云见状二话不说，把李宏塔的枪拿过去，扛在了自己肩上。紧急拉练结束了，四十多公里的半夜"奔袭"，全班没有一个人掉队。此时的李宏塔，汗水早已湿透了衬衣。

艰苦的磨炼让李宏塔逐渐成长为一名优秀的解放军战士，各个方面都表现得很突出。

政治理论学习，李宏塔担任学习材料的领读人，还给战友们讲解其中的道理；武装泅渡训练，从小喜欢游泳的李宏塔自告奋勇给战友们当教练，在部队组织的武装泅渡测试中，获得"游泳能手"称号；实弹射击考核，李宏塔靠夏天一身汗、冬天一身霜的勤学苦练，赢得了"特等射手"的美誉；"拉歌"活动中，李宏塔十分活跃，是所在连队的领唱者之一……

李宏塔是在城里长大的，从没干过农活儿，对于农业生产可以说是典型的外行。细心的李宏塔在工作中发现，他们这一茬新兵中，从城里来的学生兵很少，大部分都是从农村来的，他们对农活儿很熟悉，也很有经验，干活儿有门道。

"嘿！"发现了这个窍门，李宏塔高兴极了。每当下农田干活儿时，他就跟着农村来的新兵，看人家怎么干，他就怎么干；有不明白的地方，就虚心向人家请教。都是新兵，大家生活在同一个集体里，互相之间都乐于互助。很快，勤学苦练的李宏塔就掌握了很多干农活儿的技巧，干起活儿来也越来越像那么回事了。

李宏塔个子高，刚到部队的时候身体偏瘦，干农活儿、挑担子有时觉得吃力。但是他牢牢地记住了爸爸李葆华的叮嘱，平时肯吃苦，干活儿舍得下力气。无论是在荒滩上开荒,还是到水田里耕作,李宏塔都从不叫苦,总是最积极的那个。渐渐地,李宏塔的身体强壮起来,一肩可以挑起一百公斤的重担,而且他个子高腿长,走起来比别人快。

尽管干农活儿又苦又累,但是李宏塔仍然保持着革命乐观主义精神。一天,李宏塔和战友们一起在水田里插秧。插秧是个累活儿,需要一直弓着腰,时间长了会腰疼。就在大家感到劳累的时候,李宏塔直起身,开心地对大家说:"今天哪,我们都成'装甲兵'(庄稼兵)啦!"李宏塔的话,逗得大家发出欢笑声。

到了休息时间,大家来到地头坐下,为了让气氛更活跃,李宏塔说:"战友们,我给大家背诵一首古诗吧。"

大家都兴奋起来,齐声说:"欢迎欢迎!"战友们知道,李宏塔平时爱读书,熟悉古诗文。

李宏塔便背诵了一首《插秧偈》:"手把青秧插满田,低头便见水中天。心地清净方为道,退步原来是向前。"

有人问:"李宏塔,这首诗是啥意思呀?"

李宏塔便给大家讲解:"这首诗是五代一名僧人写的。传说有人请这位僧人帮忙插秧,他爽快地答应了,插完秧人家问他对插秧有什么感想,他便吟诵出了这首诗。这首诗的意思是说,手里捏着青青的秧苗插进水田,低下头就能看见水中倒映的天空。当我们的身心保持清净,才能悟出道的真谛。插秧的时候感觉是在后退,其实是在前进。"

李宏塔接着说:"我们今天插秧感到很累,等到了稻子结出果实的时候,等我们吃上香喷喷的米饭的时候,就会理解今天我们的劳累是多么有意义。"

从小受到革命家风熏陶的李宏塔,将祖辈、父辈无私奉献、勇于牺牲、埋头苦干、实事求是的高尚品质,默默地注入自己的灵魂深处,并落实到自己的实际行动中。

因为各方面表现都很好,一九六六年四月,李宏塔在部队光荣地加入了中国共产主义青年团。

一九六九年春节刚过,李宏塔和战友们就接到部队命令,他们将在二月底离开部队,退伍回地方工作。

从一九六五年八月入伍成为一名解放军战士，到一九六九年三月退伍离开部队，李宏塔在这几年中得到了锻炼，从一名文弱的中学生，淬炼成一名坚强的战士，也为此后在不同的岗位上为党和人民做更多的工作奠定了坚实的基础。

"不普通"的普通工人

一九六九年三月，李宏塔从部队退伍，回到了合肥。按照政策规定，李宏塔被安排到合肥化工厂，在氯化车间当了一名普通的工人。

作为一名普通的工人，李宏塔却用他的实际行动，让人们看到了他"不普通"的一面。

来到氯化车间报到后，车间领导就安排李宏塔跟班长老包和青年工人小费在一个班，而且晚上要值夜班。李宏塔没有想到上班第一天就要值夜班，但是他愉快地接受了任务。

班长老包说："你初来乍到，还不懂生产的事，就跟着我和小费学习，先熟悉熟悉情况再说。"说着，老包帮助李宏塔戴好防毒面罩，带着他学习怎样看仪表，怎样做记录。至于动手操作，老包让他再慢慢学习。

氯化车间主要生产一种消灭害虫的农药，毒性比较大。从没接触过化学产品的李宏塔对这种农药一无所知，他很想了解更多，但是上班时间又不能跟老包和小费请教，只好认真看仪表，做记录。

到了深夜，小费不知不觉地睡着了。老包一个人忙不过来，李宏塔便主动上前给老包当助手。在老包的指导下，李宏塔竟然操作得很好，圆满完成了当晚的生产任务。

小费醒来后不好意思地对李宏塔说："谢谢啊！"

老包对李宏塔的表现很满意，高兴地向车间领导汇报："李宏塔第一天上班就能动手干活儿，真不错。"

可是李宏塔却不满意，因为他心里有好多问题还没有解决。自己虽然把活儿干了，但心里还是稀里糊涂的，不知道自己做了什么，为什么这么做，更不知道如果不这么做或者做错了会出现什么后果。

上初中的时候，李宏塔学过化学，但是那些初级知识对于产品生产而言，还是太少了，太肤浅了。

下班回家前，老包又跟李宏塔说起生产原料氯气："氯气是有害气体，腐蚀性很强，工作中有失误会发生泄漏，偶尔还会发生爆炸，咱们在操作时要十分小心才行。"

走在回家的路上，李宏塔心里的问题更多了：氯气为什么会泄漏？在什么情况下会爆炸？怎样才能防止泄漏和爆炸？但是李宏塔不知道答案。

从小受爸爸妈妈的影响，爱看书、爱学习的李宏塔在心里暗暗打定主意，一定要把这些问题弄明白，否则，就不是一名称职的工人。

这样想着，李宏塔没有回家，而是径直往四牌楼走去，那儿有合肥市最大的新华书店，他想买些有关化工方面的书，好好学习一下化工方面的知识。

可是，李宏塔在新华书店没有找到需要的图书。他有点儿失望，但是并没有气馁。回到家，他把自己的想法跟妈妈说了："我到化工企业工作了，我想把工作中涉及的化工知识学会，这样才能把工作干得更好。"

妈妈说："知其然，还要知其所以然。你这个想法很好。买不到书不要紧，你们厂里的工程技术人员手里应该有，你可以跟他们借一借。还有，要向实践学习，那些老师傅积累的工作经验，同样是很重要的。"

妈妈的话给了李宏塔很大的启发。吃完晚饭，李宏塔就翻箱倒柜地把自己上初中时用过的化学教材、物理教材都找出来，翻阅起来。

第二天一上班，李宏塔就跟技术组的同志借书。看到青年工人李宏塔这么上进，技术员们也很支持，把自己珍藏的化工原理、化工机械、化工词典一类的图书都借给李宏塔。回到家，李宏塔小心翼翼地把这些图书摆在书架上，阅读时也都是轻拿轻放，唯恐弄坏了图书。

从那时起，李宏塔几乎每天晚上都要学习到很晚，把那些化工知识一点点记到脑子里，再结合白天上班的实际操作，将知识与实践结合起来，逐渐弄清了很多问题。

李宏塔很高兴，学习的劲头更足了。

就在这时，一个新的机会来了，身边来了几个"小老师"。厂里分来了几个刚刚从化工技校毕业的女学生，就住在厂里的集体宿舍。李宏塔想，这几个女职工是专业出身，既有很多化工方面的书，又懂专业知识，简直是求之不得的老师呀！于是，求知欲很强的李宏塔去找她们了。

"赵素静，你好！"李宏塔主动和其中的一名女职工打招呼，"我在氯化车间工作，想学习化工知识，但是苦于图书不多，更不懂专业知识。你能借给我几本书吗？"

赵素静听说过李宏塔这个人，看着眼前这个高高大大的青年，看着他脸上诚恳的表情，赵素静高兴地说："好哇，我给你拿。"说着，赵素静转身回到宿舍，拿出几本她读技校时用过的专业书，递给了李宏塔，还介绍了每本书的主要内容。

李宏塔笑着，连连道谢。

赵素静也笑了，说："不用客气。你想学习是好事呀，以后有需要我的地方，尽管提出来。"

面对热情支持的赵素静，李宏塔的心里涌起一股暖流，他暗下决心：我和赵素静并不熟悉，人家还这么热情支持，我一定要学好！

其他女职工听说后，也纷纷主动借书给李宏塔。回到家，李宏塔的学习劲头更足了，他房间里的台灯常常亮到深夜。

李宏塔学到了很多化工知识，但是，他又面临着一个新的问题：自己学到的知识，在实际工作中却常常用不上，理论和实践不能很好地结合到一起。

这可不是个小问题，不过李宏塔很快便想到了解决办法。他在衣兜里装了个小本子，上班的时候注意观察，把师傅们干活儿时处理问题的过程记下来，回家再仔细研究。对于一些弄不懂的问题，他就虚心向老包和其他师傅请教。

同时，李宏塔还经常去找赵素静她们，请她们给自己讲解不懂的问题。因为技校的学生在学习时，是很注重理论和实践相结合的。

赵素静在面对李宏塔的求教时，也很用心地把自己学到的知识和实践经验毫无保留地传授给了李宏塔。

李宏塔真诚地说:"赵素静,谢谢你。没有你的帮助,我不会进步这么快。"

赵素静说:"我愿意帮助你,因为我发现,你不是个普通的工人。"

发现李宏塔不普通的,还有他的工友们。每当说起李宏塔,大家都是异口同声地夸赞他:"小李好样的!"

经过李宏塔的刻苦努力,他很好地解决了理论与实践相结合的问题,在工作中可以独当一面了,成为车间的生产骨干,并被提拔为厂里的技术专员。李宏塔在工作上取得了很好的成绩。

在平日的学习和交流中,李宏塔与赵素静渐渐产生了感情。之后,李宏塔和赵素静结婚,组建了小家庭。

一九七八年四月,李宏塔在合肥化工厂光荣地加入了中国共产党。

和自己比赛

一九七三年九月,李宏塔面临着人生一次重要的机会:上大学。

因为李宏塔在合肥化工厂的优异表现,厂领导经过认真研究,决定推荐他到合肥工业大学学习。

上大学,对于李宏塔来说,是梦寐以求的事情。到合肥化工厂工作之后,他明显感到自己的知识储备不够,所以才努力地学习化工知识,逐步成为车间的骨干,进而被提拔为厂里的技术专员。而上大学不仅可以系统地学习专业知识,还能极大地开阔自己的视野,提高自己的技术水平。

李宏塔怀着对合肥化工厂的感恩之心,走进了合肥工业大学,到电机系发配电专业报到,正式成为一名大学生。

合肥工业大学创建于一九四五年，一九六〇年成为全国重点大学，当时在全国有着较大的影响力，曾一度与著名的哈尔滨工业大学并称为"南合北哈"。

参加工作之后再次走进校园，李宏塔深知机不可失，他自觉地把主要精力都投入学习中，听课、复习、做实验，如饥似渴地学习着。

星期天回家，妈妈田映萱问起李宏塔的学习情况，李宏塔说："虽然学校离家很近，但我还是想把星期天的时间用在学习上，我可能不会经常回家了。"

看着神情坚定的李宏塔，妈妈田映萱明白了，她懂得儿子需要什么，也知道儿子在规划自己的生活和未来。"好，妈妈支持你！"妈妈说。

李宏塔在上大学期间，把良好的家风带到了学校。在校园里，他经常穿着合肥化工厂的工作服，拿着饭盒和同学一起有说有笑地去食堂吃饭。晚上在教室里看书，有时都快半夜了，被同学提醒后，他这才返回宿舍休息。

早晨，太阳还没有升起，李宏塔就早早起床了，来到宽敞的体育场上开始锻炼身体。他沿着跑道一圈一圈地奔跑着，不时喊几声，为自己提振士气。太阳升起来了，阳光照在他青春洋溢的脸上。

李宏塔爱好体育，尤其喜欢游泳、打篮球、跑步，其中短跑和长跑是他的强项。一百米成绩一直稳定在十二秒以内，因此他成为合肥工业大学田径队的短跑运动员。

一九七五年秋天，学校组织了一次环合肥城的马拉松比赛，李宏塔自信满满，报名参加了比赛。

李宏塔之所以自信满满，是因为他在部队训练时，经常参加负重越野急行军和万米游泳，他对自己的体力和耐力都很自信。加上他的自身条件好，个子高，腿长，在这次马拉松比赛中取得好成绩，应该是不成问题的。

李宏塔做好了准备活动，和众多的选手一起站在了起跑线上。

"砰！"发令枪响，李宏塔快速向前冲去。他和选手们在学校的操场上先跑一圈，然后跑出校门，按照规划好的路线，冲向了合肥市区的街道。

很快，自信满满的李宏塔就发现不少选手比他跑得还要轻松！

懂长跑的李宏塔心里暗暗吃惊。真是应了那句老话：强中自有强中手。自信满满的李宏塔决定加速，在前半程就确立自己的领先位置。于是，李宏塔在不声不响中逐渐加快了速度。他的目标只有一个，就是跑出好成绩，为电机系争光。

秋日的合肥市，微风凉爽，体感很舒服，适合长跑。街道两侧众多市民在观看比赛，很多人在高声为运动员加油助威。李宏塔跑得更起劲了。

很快，李宏塔跑到了半程的位置，开始折返。这时，李宏塔明显感到自己的体力出了问题，呼吸也有些不均匀，步频、步幅都在一点点发生变化；而且他也从第一梯队掉了下来，被那些优秀选手逐渐甩开了。李宏塔知道，前半程自己用力过猛了，此时他出现了体力不支的问题。是坚持下去，还是中途退出比赛？他面临着两种选择。

不能退赛！中途退出比赛，那是一件多么难堪的事情啊！李宏塔在心里暗暗地想着。

这时，李宏塔想起自己在部队参加万米游泳时学到的呼吸调整技巧。他首先调整心态，下决心一定要坚持下去，不管最后取得什么样的名次，一定要跑到终点。参与比赛，享受比赛，这才是最重要的。接着，他慢慢调整呼吸，配合着奔跑的步伐，渐渐地，他开始感觉轻松起来。

"李宏塔，加油！"同学们的呼喊声传到了李宏塔的耳朵里。他这才发现，自己已经重新跑回了第一梯队，而且，他们已经回到了学校大门附近，即将返回校园，进行最后的冲刺了。

李宏塔跑回了操场，终点线就在眼前了。

而此时的李宏塔已经没有多少体力了，明显出现了疲劳状态。李宏塔盯着终点线，咬牙坚持着。

最后的冲刺，李宏塔是凭借着顽强的意志坚持下来的。

李宏塔冲过了终点线。

两名同学迅速跑上来，搀扶着李宏塔，同时向他表示祝贺。

李宏塔慢慢地走着，调整呼吸。

"谢谢，谢谢你们。"李宏塔疲惫地冲同学们笑笑。

通过这次马拉松比赛，善于总结的李宏塔对自己的参赛过程进行了反思：虽然自己有很好的长跑基础，但是面对自己不熟悉的选手，要明白"天外有天，人外有人"的道理。如果一心要取得好名次，被名次所困扰，就会打乱自己的节奏，出现发挥失常的情况，甚至可能半途而废。只有不计名利，以平常心和积极乐观的心态去参加比赛，才能跑得轻松，顺利完成比赛。

"人生的旅程，又何尝不是如此呢？要学会和自己比赛，才能不断丰富自己、提升自己呀！"李宏塔发出了这样的感慨。

在合肥工业大学的三年时光，李宏塔学到了很多知识。一九七六年七月，大学毕业后，李宏塔重新回到合肥化工厂，当了一名技术员。

青春，在实践中闪光

一九七八年九月的一天，几个陌生人来到合肥化工厂，和厂领导交谈之后，跟李宏塔见了面。

走进会议室，李宏塔有点儿发愣。他的眼前除了熟悉的厂领导，还有几个陌生人。经过介绍，李宏塔才知道，那几个人是中共合肥市委的工作人员。

合肥市委的同志开门见山地告诉李宏塔，他的工作有所变动，组织上要把他调到合肥团市委工作，作为共青团合肥市委副书记候选人提名人选。

这样的决定来得太突然，整个心思都在合肥化工厂的李宏塔一时转不过弯来。

原来，一九七八年五月四日，中共中央做出决定，要在当年十月召开共青团第十次全国代表大会，会前的一项重要的组织工作，就是选拔任用一批优秀的共青团干部。在五月六日召开的共青团各省（区、市）委负责人会议上，还明确了选拔优秀共青团干部的基本标准：在政治上经受过某些考验的；在工作上经受过一定的锻炼，特别是经过一些艰苦锻炼的；思想上有培养前途的，比较刻苦、诚实的。合肥市委经过认真研究，决定在基层工作的优秀青年干部中遴选。通过严格的考察，李宏塔因为在合肥化工厂的优异表现，被组织上确定为共青团合肥市委副书记候选人提名人选。

厂领导激动地握着李宏塔的手叮嘱他："从我们合肥化工厂出去的干部，个个都是好样的。希望你到新的岗位上好好干，为咱们工厂争光！"

就这样，李宏塔告别了工作多年的合肥化工厂，到合肥团市委上班了。

一九一九年，五四运动爆发，李宏塔的爷爷李大钊热情投入并参与领导了这次伟大的爱国运动。五十九年后，李大钊的孙子李宏塔接过了爷爷亲自点燃的"五四"火炬，担负起带领全市团员青年用青春书写绚丽篇章的光荣使命。

想到这些,李宏塔内心无比激动。他感到自己的身上流淌着爷爷的血液,爷爷的精神要在他这里得到发扬,爷爷确立的优良家风要在他这一辈得到传承。

一九七八年夏秋季节,安徽省发生了一场百年未遇的大旱灾。当年冬天,安徽省凤阳县小岗村十八户村民率先在全国实行了"大包干",开启了中国农村改革的大幕。面对波澜壮阔的改革大潮,青年农民有哪些需求呢?

上任不久的李宏塔思索着这个问题。他知道,没有调查研究就没有发言权,于是,他带着团市委的干部深入肥西、肥东、长丰三个县的农村,到田间地头和青年农民聊天,记下他们的苦衷和需求、想法和建议。在充分调研的基础上,李宏塔对农村共青团工作提出了加强基层团组织建设的方案,组织广大农村团员青年开展了"劳动致富、冒尖送匾""学科学、用科学"等活动,出现了一大批青年专业户、科技示范户,不仅推动了青年农民科学致富,还大大增强了基层团组织的凝聚力。

同时，李宏塔还根据调研摸上来的情况，回应团员青年强烈的学习愿望，由合肥团市委牵头组织，建立起了各类学习组织，城乡联谊、校企合作、短训班、专业培训等形式灵活多样的学习组织纷纷涌现。

李大钊有一句名言："知识是引导人生到光明与真实境界的灯烛。"现在，从事青年工作的李宏塔在用实实在在的工作，践行着祖父的这句名言。

因为李宏塔工作十分出色，他的工作岗位也在组织的关怀下不断变化。

一九八〇年四月，李宏塔担任共青团合肥市委书记。同年，李宏塔又被任命为中共合肥市委常委，成为当时全省最年轻的两个厅级干部之一。

一九八三年十月，李宏塔担任共青团安徽省委副书记。

青少年校外活动场所是青少年全面发展的实践课堂，是开展实践教育、社会教育、校外活动的重要平台。李宏塔参与筹建的第一个青少年活动场所是安徽省青少年野营基地，位于黄山市黄山区焦村。一九八四年春节刚过，李宏塔就带着筹建队伍进驻基地，开始建设工作。到一九八五年夏，基地建成，投入使用。

一九八五年八月初，共青团安庆市委组织的少先队辅导员夏令营来到基地，他们也成为基地落成后接待的第一个团队。

那时这里还没有通高速公路，安庆市这三十多名营员乘坐班车在山路上行驶了四个多小时，到达营地已经是下午五点多了。当时正值酷暑，气温高达四十摄氏度，营员们到宿舍放下行李正准备洗漱，偏偏这时基地的供水系统出了故障，水管里一滴水都没有。

正在与夏令营的领队、安庆团市委学校少年部部长亲切交谈的李宏塔看到这个情况后，马上高声向营员们表达了歉意。

"同志们，对不起呀，这是我们准备工作做得不足。请大家稍事休息，洗脸水马上就到了。"李宏塔真诚地安抚着心生埋怨的营员们。

十分钟后，营员们得知洗脸水来了。大家来到洗漱室，却看到李宏塔正挑着两桶水快步走来，后面还跟着他只有七岁的儿子李柔刚，手里端着半盆

52　中华先锋人物故事汇　李宏塔

清水吃力地走过来,父子俩都已经是满头大汗。

李宏塔放下扁担,说:"大家先洗洗,供水系统马上就可以恢复,请大家放心。"

李柔刚把脸盆放下,对领队礼貌地说:"叔叔洗脸吧。"

领队看着李宏塔父子俩,十分感动。他大声对营员们说:"我们不能让团省委领导给我们挑水洗脸,我们自己动手去打水吧!"

营员们也都被李宏塔感动了,心里的埋怨很快散去了,纷纷拿着脸盆去打水。

晚上,基地举办了篝火晚会,李宏塔和这些充满朝气的青年一起唱着跳着,说着笑着,一直到深夜。

受良好家风影响的李宏塔,总是在不知不觉中践行着爷爷李大钊留下来的革命传统和优秀品格。

一九八一年下半年,安徽省委组织部领导找李宏塔谈话,组织上准备提拔他担任团省委书记。此时,李宏塔正担任中共合肥市委常委、共青团合肥市委书记。能够担任团省委书记,就意味着李宏塔将从副厅级干部被提拔为正厅级干部。

可是，心底坦荡的李宏塔却提出了新的建议。他说："前不久我参加全省青少年教育研讨会，在安庆一中听了该校校长的经验介绍，这位校长的年龄符合团省委书记的标准，他的青少年工作经验很丰富，也很有水平。我建议组织上的选贤任能可以从他开始。"

在李宏塔的无私举荐下，那位校长被破格提拔到团省委工作，而李宏塔错过了这次机会，在副厅级岗位上多干了十六年。

父亲的教诲

时间来到了一九八七年。此时,三十八岁的李宏塔已经在共青团系统工作了九年。按照惯例,共青团的干部到了这个年龄没有提拔,就要考虑转岗了。省委组织部的工作人员来到团省委,征求李宏塔的意见。李宏塔提出,自己很愿意去省民政厅工作。

李宏塔选择去民政厅工作是有原因的。他在共青团工作期间,曾经多次与民政系统的干部打交道,知道他们的工作需要直面困难群众的诉求,直接为困难群众服务。这正是李宏塔毫不犹豫选择去民政部门工作的原因。因为,李宏塔时刻牵挂的就是那些需要帮助的困难群众。

组织部的同志进一步和李宏塔确认时,他说:

"民政部门做的事就两句话：为党和政府分忧，为困难群众解愁。我就是想找一个离困难群众最近的、干实事的部门去工作。民政部门尤其实在，是直接给老百姓办事。"

晚上，下班回到家，李宏塔把自己的选择告诉了妻子赵素静。妻子说："一心为民是咱们李家的传统家风，我理解你。"

李宏塔给在北京的父母打电话，说了自己工作变动的事，也说了自己的选择。父亲李葆华和母亲田映萱都很支持他。

父亲李葆华叮嘱他说："民政工作连着民心，一定要把老百姓的事安排好！"

李宏塔说："放心吧，我之所以选择去民政部门工作，就是要给老百姓办事的。"

一九八七年六月，李宏塔来到安徽省民政厅报到，担任副厅长。

带着父母的嘱托，李宏塔如愿走上了新的工作岗位。

到民政厅工作后不久，李宏塔去北京开会。想到已经很久没有和父母见过面了，应该先去看望他们二老一下,于是,李宏塔下了车便先回了趟家。

一进门,李宏塔就喊:"爸,妈。"

父亲李葆华正在看报纸,面对突然出现的儿子,他很吃惊。接着,父亲问:"你跑回来干什么?你不是在工作吗?"

李宏塔解释说:"爸,我这次来北京,是到部里开会的……"

不等李宏塔说完,父亲放下手里的报纸,严厉地说:"既然是来开会的,就要认真开会,领会好会议精神,回去才能贯彻落实。民政工作责任大、任务重,你不好好开会,跑回家来干什么!"

李宏塔一时无语。

母亲田映萱心疼儿子,说:"孩子大老远来北京开会,顺便看看咱们,这有什么嘛。"

父亲却说:"民政工作,就是直接做群众工作,尤其是服务于困难群众的工作,一定要深入一线,真正了解群众生活……"

从合肥来一次北京不容易,李宏塔兴冲冲回到家,却挨了父亲一顿批评,这件事给他留下的印象特别深,影响很大。想到父亲工作期间整天忙于工作，经常深入基层，到老百姓中去，倾听民声，体察民情，为民解忧，李宏塔便理解了父亲为何生气。父亲务实的工作作风，对李宏塔产生了深深的影响。他明白父亲的意思：不论在什么时候，都要把心思放在工作上。

对于民政工作，虽然李宏塔以前在工作中曾经有过接触，但是对更多的工作内容了解得还不够深入。到了民政部门工作后，李宏塔才知道，民政工作内容多，而且很复杂。这恰恰激起了李宏塔的斗志，因为多年来他善于在克服困难中推进工作，取得成绩。

李宏塔在就任副厅长之后不久，就开始去基层调研了。经过一段时间熟悉工作后，李宏塔很快归纳出民政日常工作的三句话：视孤寡老人为父母，视孤残儿童为子女，视民政对象为亲人。李宏塔认为，这三句话就是这个时代的"铁肩担道义"。

"铁肩担道义，妙手著文章"是祖父李大钊亲手书写的对联，也是李大钊一生的真实写照，更是李大钊留给家人的传世之宝。以前，李宏塔听父亲李葆华讲过这个对联的深意；现在，李宏塔要在实际工作中努力践行。

亲爱的自行车

李宏塔骑自行车上下班的事,成为人们津津乐道的话题。

父辈的言传身教,使得李宏塔从小就对家风的概念印象深刻。从父亲李葆华的讲述中,他知道祖父李大钊的家训是"忠于信仰、严守节操、清正勤谨、恭德慎行"。在那个动荡的年代,这是一个共产党人修身自省的治家理念。一九四九年,中华人民共和国成立后,父亲李葆华传承的家风延续了祖父的精神,"牢记初心、忠诚为民、修身律己"。

李宏塔对家风的传承,不仅延续了祖父李大钊、父亲李葆华留下的宝贵精神财富,而且对家风的内涵进行了拓展,更加适应新时代的要求。他努力践行着"艰苦朴素、严于律己、一心为民"的优良传统，并从每一件小事做起，干干净净做人，干干净净做事。

一辆普通的自行车，如一滴水，折射出太阳的光辉。

当年李宏塔从部队退伍到合肥化工厂上班以后，就开始骑自行车上下班。他到合肥团市委任副书记了，也是骑自行车上下班。到安徽团省委当副书记了，仍然是骑自行车上下班。后来，李宏塔到安徽省民政厅担任副厅长、厅长了，还是每天骑自行车上下班。

自行车成了李宏塔上下班的主要交通工具。

其实，在李宏塔心里，对自行车是很有感情的。记得当年在北京，他读小学的时候，为了方便他上下学，爸爸妈妈到旧货市场上给他买了一辆旧自行车，他就每天骑着这辆旧自行车往返于家和学校之间。

民政厅有人提醒李宏塔："您是一把手，您上下班不坐车，骑着自行车，那别的领导怎么办？"

李宏塔说："我骑自行车是为了锻炼身体，图个方便。至于其他领导,只要符合规定,该坐车的照样坐车,不要受我的影响。"

早晨,李宏塔推出他的自行车,从小区里走出来。一位环卫工人见了李宏塔,主动打招呼:"上班哪。"

"上班上班。"李宏塔答应着,上前帮助环卫工人搬起沉重的垃圾桶,把垃圾倾倒出来。

环卫工人感激地说:"您是厅长,还帮我干活儿,也不嫌我身上脏。"

李宏塔笑着挥挥手,骑上自行车,出了小区。

来到街上,执勤的交警见了李宏塔,主动冲他挥手。时间长了,交警已经知道这位高个子、满头灰发的中年人就是省民政厅的厅长。

下午下班了,李宏塔骑着自行车回到小区。树下,几个正在下象棋的大爷看见李宏塔,都跟他打招呼。李宏塔骑过去,停下车,跟大爷们聊天:"你们的生活怎么样啊?有啥困难没有啊?"聊天,也是李宏塔了解民情的一种方式。李宏塔不仅会下象棋,而且下得还不错,有时,他也会给大爷支着儿,或者干脆坐下来杀一盘。

62　中华先锋人物故事汇　李宏塔

在环卫工人、执勤交警、小区里的大爷大妈们眼里，李宏塔就是他们熟悉的朋友，是一位骑着自行车在大街上穿行的普通人。

李宏塔和他的自行车，成了合肥大街上的一道风景。

一天早上，李宏塔走出家门，准备骑车去上班。可是，他在楼下转了好一阵，也没有看到他那辆自行车，他断定，一定是夜里被人偷走了。李宏塔看看手表，加快脚步，向单位走去。

快步走进民政厅大门的李宏塔，遇到了一位同事。同事惊讶地问："李厅长，您今天是走着来的？咋没骑自行车上班哪？"

李宏塔笑笑，满脸无奈地说："自行车丢了，坐公交又正是早高峰，我就走过来啦。"

有记者知道了李宏塔骑自行车上下班的事，想采访一下这位"骑车上下班的厅官"。可李宏塔微笑着拒绝了，他说："这太平常了，没什么好说的。当年我父亲在北京，每天都是步行上班。"

二〇〇三年，省民政厅搬迁到了新址，距离李宏塔家太远了。此时的李宏塔已经五十四岁，不方便再骑自行车上下班了。于是，李宏塔把自行车换成了电动自行车，依旧以骑行的方式体察百姓生活状况，与群众保持密切联系。

其实，按照李宏塔的级别，完全可以享受专车待遇了，单位也多次要安排专车接送他上下班，可是都被他拒绝了。就连出差，李宏塔也是能不用公车就不用。除了少数时候有重要的公务活动需要赶时间之外，李宏塔始终保持着骑车上下班的习惯。

李宏塔这样节省，这样自律，这样亲近群众，正是沿袭了父辈传下来的家风，父辈为他做出了榜样。

有一年，李宏塔和安徽省社科院的一名同志一起去北京开会，下了火车，李宏塔拎着资料，领着那位同志去挤公交车。那位同志有些意外，他以为李宏塔的父亲李葆华会安排小轿车来接他们，于是对李宏塔说："我还以为跟着您来北京开会，能蹭车坐呢。"

李宏塔说："趁早别想，他老人家的车，我们可坐不上。"

"那我们回合肥的时候，你爸爸该用车送我们到北京火车站了吧?"

李宏塔笑着摇了摇头。

关于李宏塔骑车上下班的事,最了解情况的就是他的爱人赵素静。赵素静回忆,这么多年,李宏塔先后骑坏了四辆自行车,穿坏了五件雨衣、七双胶鞋。

同饮一江水

一九八七年六月,李宏塔刚刚就任安徽省民政厅副厅长,民政厅姜厅长就把一件很重要的工作交给了他。

姜厅长说:"你年轻有为,工作有激情,推进成德洲行政区划调整这副重担,就由你来挑吧。"

行政区划、行政区域界线管理工作,是民政部门的一项重要工作,对于经济发展和社会进步有着重要意义。

虽然初来乍到,对民政工作还不是很熟悉,李宏塔仍然愉快地接受了这项任务。

接受任务后,李宏塔没有急于做决策,而是先开展调查研究。他心里清楚,要解决问题,必须先弄清楚问题是什么，主要症结在哪里，如何利用现有政策，如何充分考虑和平衡各方利益与诉求，进行综合考量再做出决定，才能顺利推进问题的解决。

李宏塔和省民政厅的业务处室负责人进行了一次详谈，了解情况。

原来，长江有个江心洲，叫成德洲，归安徽省无为县土桥镇（现无为市牛埠镇）管辖。当时成德洲的面积为七平方公里，有六百余户居民，构成了一个相对独立的行政村，叫成德村。

从地理结构上看，成德洲与一个叫老洲的江心洲连成一体，中间只有一条不宽的夹江相隔，而老洲却属于铜陵县（现铜陵市义安区）管辖。这就使得成德洲变成了一个四面环水的洲中之洲。

老洲是铜陵县的一个乡，面积比成德洲大，有三十五平方公里。

无为县的成德洲在铜陵县的老洲乡北面，与老洲乡的民主村隔江相望。虽然距离很近，但是成德村和民主村却分属于无为县和铜陵县两个不同的县管辖。

成德洲和老洲这两个相连的江心洲都属于长江冲积平原区，这里地势平坦，河道丰富，自然环境好，植被茂盛，土地资源丰富，是丰美的鱼米之乡。这里的村民主要以种植农作物和水产养殖、水上运输为业。这里出产的棉花、各类蔬菜以及芦苇等，因为质量好，广受消费者欢迎。村民们的生活安逸富足。

就是这样两个相邻的村，本应该友好相处、和谐共存，然而，长期以来，成德洲成德村和老洲民主村的村民却经常因为生产和运输等生产活动而产生分歧、发生纠纷。

为什么会出现这种情况呢？因为这两个相邻的村，行政区划分别属于两个不同的县，各自的县政府行政管理方法不一样，政策标准有差别，落实力度不一致，这在客观上造成了两个村的村民获得的利益有差距，所以才造成了村民之间发生矛盾的局面。

为了解决这一问题，无为县和铜陵县县委、县政府进行了多次协调和处理，虽然做了很多工作，但是效果不好。只有将两个村的行政区划进行调整,把成德洲划归铜陵县管辖,才能从根本上解决问题。

这个解决方案,安徽省政府已经制定出来了。从一九八五年下半年到一九八七年上半年,省政府曾经研究过几次,还专门下发了四个文件,完成行政区划调整所要走的五个程序也已经完成了三个。但是,在具体执行中,文件精神没有得到落实,两个村的矛盾依然是一个大难题,省政府领导不满意,成德村的村民也不满意。省民政厅的领导为此很伤脑筋。

梳理清楚事情的来龙去脉之后,李宏塔决定自己先学习,把政策和文件精神先吃透。都是同饮一江水的群众,意见和矛盾都是可以解决的,不能因为我们政府部门工作不到位而解决不了问题。李宏塔在心里暗暗打定主意。

李宏塔用几天时间认真翻阅了这件事情的档案资料,还有民政部、省政府的文件,做了大量的笔记。此时的李宏塔已经做到了心中有数,也弄清了矛盾的主要方面在无为县。

来到无为县,李宏塔深入成德洲和老洲两地进行实地调研，与当地群众聊天，了解他们的想法和诉求。群众的要求其实并不复杂，虽然事关当事人的利益，但都不是了不得的大事，群众诉求也都在情理之中，互相之间也没有大的争议。之所以问题迟迟得不到解决，就是因为过去相关部门的工作人员对当事人的诉求了解不全面、关注不够、意见不明确，使得当事人不服气。

在无为县召开的专题座谈会上，李宏塔传达了省政府领导的指示，并认真听取了无为县和有关乡、村对这个问题的意见和要求。最后，李宏塔明确提出了省民政厅的意见。

"对地方政府来说，行政区划是一种独特的空间资源、行政资源、组织资源和政策资源。不合理的行政区划会制约资源、资金等要素的流动，使资源整合和优化配置的难度加大；而合理调整行政区划，可以克服行政区划壁垒，有利于统筹设置乡镇政府服务机构，统一配备服务人员，提升公共服务效能。具体到这个案例，成德村作为无为县土桥镇的一个隔江而望的独立行政村，地理位置与铜陵县老洲乡连成一体。把成德村调整给老洲乡，可以集聚资源、优化产业布局，有利于集中力量弥补基础设施建设短板，有利于避免重复建设造成资源和投入的浪费，有利于突破原有的乡镇行政边界制约，推动民风民俗相同、生产方式相近、地理位置趋同、经营方式相融的农村经济社会抱团发展、捆绑发展、集约发展，增强它们的可持续发展能力，避免产生不必要的矛盾纠纷。我们不能忘记，宪法规定国家的'一切权力属于人民'，地方各级人民代表大会和地方各级人民政府组织法也规定，各级人民政府必须是人民满意的法治政府、服务型政府。对成德村来说，行政区划变更'一小步'，将是推进该村经济社会发展的'一大步'。在这个工作上，我们决不能含糊和犹豫，应尽快走完最后两个程序。一定要在行政区划调整过程中，全面提高工作效率和服务能力、服务水平。"

李宏塔的讲话，为这件事的最终解决定了调子，是从人民的利益角度去阐述的，既实事求是，又合情合理，无为县领导和乡村的干部群众都非常信服。

在李宏塔的推动下，久拖未决的无为县成德洲划归铜陵县管辖的问题，得到了根本解决。

一九八七年十一月，国务院下发了批复。十二月，无为县和铜陵县办理了交接手续。

同饮一江水的群众，消除了纠纷与隔阂，开始一心一意搞生产了。

李宏塔到省民政厅主抓的第一件事得以圆满完成，开了个好头。

在此后的工作中，李宏塔时刻不忘父亲李葆华的叮嘱，严格落实父亲"民政工作连着民心，一定要把老百姓的事安排好"的要求，做了大量"为党和政府分忧，为困难群众解愁"的好事、实事，赢得了人民群众的广泛赞誉，也得到了安徽省委的肯定。

一九九八年四月，李宏塔被提拔为安徽省民政厅厅长。

在地图上奔跑

在地图上奔跑?地图只是一张纸,人怎么可能在上面奔跑呢?

小朋友,你一定有这样的疑问吧?

但是我要告诉你,李宏塔就是一个在地图上奔跑的人。

二〇〇三年夏天,淮河发生了新中国成立以后仅次于一九五四年的流域性大洪水。六月下旬到七月下旬,淮河流域连降大雨,洪水肆虐,造成淮河、滁河流域九个市二十二个县两千七百多万人民群众受灾。

对于民政部门来说,灾情就是命令。受灾群众的生活要保证,众多无家可归的受灾群众要安置,李宏塔在民政厅召开紧急动员会，发出了救灾动员令：救灾如救火，受灾群众就是我们的亲人，保障好他们的基本生活是大家共同的责任！

李宏塔深知，这次的救灾任务实在是太重了，民政部门的每一个人都不能有丝毫的松懈。

为了救助受灾群众，李宏塔在地图上标注出了灾情最严重的二十多个乡镇。安排好工作任务后，李宏塔就拿着地图下乡了。他按照地图上标注的乡镇，几乎每天跑一个乡镇，现场了解情况，解决问题。

这天中午，大大的太阳悬在头顶，炙烤着大地，热浪一团一团地翻滚着。李宏塔已经忙碌了一个上午。司机陈荣友见李宏塔十分疲惫，汗水浸湿的上衣已经被他的体温焐干了，便提议让他休息一会儿。"厅长，您已经好几天没有好好睡觉了。您到车上睡一会儿吧，哪怕打个盹儿呢。"

李宏塔看看手表说："不行，快到吃午饭的时间了，去看看受灾群众都吃些什么。"

他们驱车来到颍上县王岗镇金岗村，见一位大娘正在庵棚里做饭，李宏塔便径直走了过去。

"大娘,您做饭呢?"李宏塔跟大娘打招呼。

见几个身上溅着泥点的陌生人走过来,大娘愣了一下。

不等大娘答话,李宏塔走到锅前,伸手打开锅盖。

这是李宏塔的经验,他只要打开锅盖看一眼,就知道群众在吃什么,还能看出这口锅是天天在烧还是几天没有烧过。

此时大娘的锅里涌出一团热气,夹带着一股明显的霉味。锅里是米饭。李宏塔的眉头皱了一下,拿起一双筷子从米饭上夹出几粒,闻了闻,放进嘴里嚼了嚼,品一品。他眉头上的皱纹更深了。为了验证自己的判断,李宏塔又夹出几粒米饭,让随行的救灾办人员也尝一尝。

李宏塔问:"你尝尝,这米是不是发霉了?"

救灾办人员尝过后,肯定地说:"发霉了,米发霉了。"

李宏塔起身,问身旁的大娘:"这救济粮是啥时候领的?"

大娘说:"才领回来两天。"

李宏塔从大娘的米袋里抓起一把米，走到门外的阳光下，仔细看，又闻了闻。接着，他让大娘用塑料袋装了大约半斤大米，放进了自己的公文包里。

李宏塔说："群众受了灾，是天灾；让群众吃发霉的大米，就属于人祸！"

心里时刻牵挂着群众疾苦的李宏塔每到一个地方，都要检查救济米的质量，有时还要带一些米回去请有关机构进行化验，确保群众吃到优质大米。

走出金岗村，李宏塔拿出地图，用手指了指一个地方，说："走，我们去建颍乡！"

司机陈荣友想劝李宏塔休息一下，可看到李宏塔冲他挥手，便不再说什么，开车直奔建颍乡。

汽车沿着淮河大坝疾驰，李宏塔表情凝重地望着前方，沉默不语，思考着如何更好地安置百姓。他拿出随身带着的饼干，嚼了几块，喝了点水，算是午餐。

来到建颍乡箭井村，一下车，一股热浪扑面而来。李宏塔抬头望了望大太阳，径直向村里走去。颍上县的领导迎过来，和李宏塔握手。

李宏塔问："受灾群众都吃上饭了？"他的声

音已经嘶哑。

县领导答:"吃上了。"

李宏塔问:"住得怎么样?"

县领导答:"救灾帐篷立起来了,有的地方还搭了简易的庵棚。"

细心的李宏塔发现,大量的受灾群众并没有待在救灾帐篷里,而是躺在淮河大坝上休息。

略加思索,李宏塔走进了一个救灾帐篷,一股闷热的空气一下子包围了他,烤得他的脸热烘烘的。

"这么闷热!"李宏塔说道,让司机陈荣友拿来温度计测一下,发现帐篷里的温度竟然达到了四十五摄氏度!

李宏塔走出帐篷,用手搭在额头上遮挡炙热的阳光,望着排列整齐的救灾帐篷,问:"帐篷里温度这么高,晚上能住人吗?"

县领导回答:"不能住。群众都露天睡在大坝上,能凉快一些。"

李宏塔神情凝重地说:"这样可不行。救灾任务再紧再重,安置工作也不能有丝毫马虎,我们要考虑得更细更周到些；而且，老百姓着急的事情，就得马上办。一定要尽快将这些老百姓转移出去，进行二次安置，解决老百姓睡觉的问题。"

李宏塔指示县领导，要尽快寻找通风条件好的集体房屋、闲置的学校办公室和宿舍，以及党政机关办公场所，对受灾群众进行二次安置。

到下午三点多，三万多名受灾群众的新安置点全部落实，李宏塔这才放心。他叮嘱县领导："我们多一点儿辛苦，群众就会减少几分痛苦。"

告别县领导，李宏塔上车，查看了一下地图，匆匆赶往下一个乡镇。

连日的奔波、劳累，李宏塔累瘦了，晒黑了，胳膊上的皮肤已经脱了好几次皮，嗓子变得沙哑，人也十分憔悴。看着李宏塔离去的背影，一位老干部动情地说："在宏塔身上，我们看到了革命先驱李大钊先生的革命家风，看到了革命后代的精神风采。"

在地图上奔跑

"查出来"的好干部

二〇〇五年六月的一天,安徽省民政厅机关里出现了一些陌生人,他们忙进忙出,找机关干部谈话,翻阅资料,看上去很神秘。

原来,这些人是中央纪律检查委员会的干部。他们收到了一封举报信,举报李宏塔利用担任安徽省民政厅厅长的职务之便,凭借祖父李大钊和父亲李葆华的名望,存在贪污、受贿以及巨额财产来源不明的问题。中央纪委十分重视,直接派出调查小组来到合肥,对李宏塔展开秘密调查。为了不引起人们的注意及影响调查结果,真正查出实情,调查组隐瞒身份,利用一个恰当的理由进行调查。

调查组的两名人员来到民政厅,对门卫师傅

说:"麻烦您带我们去看看你们李宏塔厅长上下班用的车,好吗?"

师傅便带他们来到了李宏塔的自行车前。他们惊讶地发现,李宏塔的车根本不是高级轿车,而是一辆破旧的自行车。

"这是李宏塔厅长的车?"调查组的人不敢相信自己的眼睛。

门卫师傅说:"我们李厅长可低调呢,就这辆破自行车,都不知道骑了多少年了。你们看,轮胎换过好几次,车座也重新修补过。只要这车还能修,还能用,他都舍不得换。"

门卫师傅的话让调查组的人震惊不已。李宏塔的旧自行车旁边,停放着其他同事的自行车,一比较,还真是李宏塔的自行车最破旧。两个人对视了一下,心里产生了疑问:这样一个骑着旧自行车上下班的厅长,会贪污腐败吗?

调查组的人谢过门卫师傅,又开始在民政厅机关进行调查。他们找机关干部谈话,了解李宏塔的情况。

"我第一天来到民政厅上班的时候,见到李厅长，根本没有想到他就是厅长。因为李厅长穿着皱皱巴巴的工装，脚上是普通的胶鞋。"一个同志说。

"李厅长的朴素低调是出了名的。他说，你们别整天把厅长挂在嘴边，我也不是什么民政专家。要说专家，你们这些会操作电脑的小年轻才是未来的专家呢。"另一个年轻人说。

"李厅长从来不摆架子，在我们单位人缘极好，我们大家对这位厅长也都很是信服。"

……

对于这些评价，调查组的人认为还只是表面的，不能说明实质性问题。他们继续展开深入调查，重点是李宏塔的住房，因为住房是考验一个干部最敏感的问题之一。

调查组的人来到了李宏塔家，敲开了门。出现在他们面前的是一个只有五十五平方米的老房子，装修简陋，门厅不大，却被一张老式餐桌占去了一大半空间，需要侧着身子才能走过去。墙上，一个老式电风扇正转着，不时发出咣当咣当的声响，开关也是最陈旧的拉线式。卧室中，床和柜子都是旧的，有的地方已经开裂，有的地方掉了漆。另一个房间里，用刨花板制作的组合柜、写字台，还有书柜、电视机，把小小的房间塞得满满的。电视机只有二十英寸[①]。墙壁上，很多地方的墙皮已经脱落……

调查组的人对视了一下，这是堂堂安徽省民政厅厅长的家吗？

这里的确就是民政厅厅长李宏塔的家。

想当年，李宏塔的祖父李大钊在北京应该算得上是高薪阶层了，置办一处像样的房产应该没有困难，但是李大钊却始终租房子住，把省下的钱都用作革命经费和帮助生活困难的进步青年学生了。李大钊曾说过："美味佳肴人皆追求，我何尝不企享用？时下国难当头，众同胞食不果腹，衣不遮体，面对这种情况，怎忍只图个人享受，不思劳苦大众疾苦呢？"

李宏塔的父亲李葆华的生活也十分俭朴，他在安徽工作期间住的是四间小平房，其中两间还是李

[①] 二十英寸的电视机长约为45厘米，宽约为30厘米。

宏塔的婚房。到北京工作后，住的是一套旧房子，有关部门要给他换房，或者把旧房子装修一下，都被他拒绝了。他说："住惯了，年纪也大了，不用换了。"家里的家具是老旧的三合板家具，椅子是人造革面的，沙发陈旧得坐下就是一个坑。李葆华就在这个旧房子里住了二十七年，直到二〇〇五年去世。

祖父和父亲的言传身教，在李宏塔的心里打下了深深的烙印，李宏塔把这当作传家宝，以自己的实际行动，传承了祖父和父亲的优良传统。

接着，调查组的人从民政厅干部那里了解到了李宏塔主持分房的事情。

李宏塔多次主持民政厅的分房工作，分配的住房超过二百套。可他每次都以"先群众，后干部"的原则，从没给自己分过一套房，始终住在那个五十五平方米的老房子里。到了二〇〇〇年，省里不少同志为李宏塔呼吁，有关部门才给李宏塔"补差"了一个二十平方米的小房子，这次，李宏塔接受了。因为儿子李柔刚长大了，一家人住在一起实在太挤了。虽然那个小房子临街，噪声大，但是好歹儿子有了一个属于自己的空间，李宏塔还是挺高兴的。李宏塔和爱人仍然住在原来的老房子里。

李宏塔对自己要求十分严格，生活一向节俭。但是他也有大方的时候，在"献爱心""送温暖"活动中，李宏塔总是捐款最多的人。下基层调研的时候，遇到困难群众，他总是自掏腰包接济。他说："对我来说，帮助需要帮助的人，是一种莫大的快乐。"

李宏塔还喜欢买福利彩票，每个月都得花上几百块钱。他还动员大家买，他说："买彩票是爱的奉献，万一中奖了那也是爱的回报。"然而，他身边的人都知道，李宏塔买彩票从不去兑奖，他是在以这样的方式为国家的福利事业做点贡献。

调查组对李宏塔的调查结束了，他们不但没有发现举报信中列举的贪腐问题，反而看到了李宏塔严于律己、勤俭节约的作风，他跟他的祖父、父亲一样，是一个正直无私、清廉务实的好干部。

离开省民政厅时，调查组的人正式和李宏塔见面，谈了调查的结果，还了他的清白。李宏塔只是笑笑，十分坦然，对举报的事不以为意。

调查组返回北京之后,组织上决定将李宏塔作为一个典型进行宣传。二〇〇五年七月三日,《中国纪检监察报》刊登了长篇通讯《在李大钊革命家风沐浴下》,宣传了李宏塔清正廉洁的事迹。

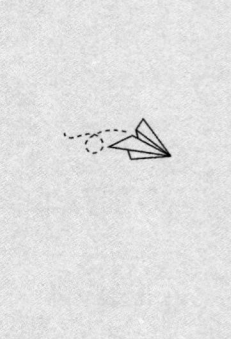

老百姓的事就是大事

二〇〇八年,李宏塔的工作再次调整。他在当年一月三十日召开的中国人民政治协商会议第十届安徽省委员会第一次会议上,当选安徽省政协副主席。此后,他还被推选为全国政协第十一届、第十二届委员会委员。

李宏塔的工作岗位和职务都变了,但是他心系百姓的作风没有变。

就在李宏塔刚刚到省政协工作不久,安徽省遭遇了一场五十年一遇的雪灾,给农业生产造成了很大损失,百姓生活也受到了很大影响。

灾情就是命令,李宏塔立即带着几名工作人员下乡,奔赴受灾严重的三个市开展调研,挨家挨户地进行查访，了解灾情，落实救灾措施。

这天中午，忙碌了一上午的李宏塔已经饿了，和他一同走访受灾群众的地方领导劝李宏塔先回宾馆吃午饭，休息一下再接着走访。"天冷，路也滑，您的任务又这么繁重，确保安全和身体健康是大事呀。"

哪知李宏塔摆摆手，说："老百姓的事就是大事，能抓紧就抓紧点，不能为吃饭这种小事耽误时间。"李宏塔指了指前面不远处的一个小面馆，"走，咱们就在这里解决饿肚皮的问题。"

不等地方领导说话，李宏塔就径直走过去，进了那家路边小面馆。

李宏塔和大家坐下来，每人吃了一碗面，就走进了村子。

村子里的街面上，满是泥水和雪，泥泞不堪，一脚踩下去，不仅鞋子沾上很多泥巴，而且很滑，稍有不慎就会打滑，使身体失去平衡。

李宏塔走在前面，弄得鞋子和裤脚上都是泥巴。

走进一户人家，李宏塔亲切地和村民说话，了解受灾情况。

"你现在的生活怎么样？正常生活能保障吧？"

"受灾的损失大不大？经济损失有多少？"

"今年的生活还有别的保障没有？您有啥要求没有？"

……

李宏塔问得很细，听得认真。他将受灾群众讲的灾情一一记录到本子上。接着，他又查看了受灾群众家的锅灶，还检查了米袋子。

李宏塔马不停蹄地跑了整整八天，把三个市的重点受灾户的基本情况都了解了一遍。

全面了解了灾情，李宏塔及时把情况汇总，进一步落实救灾措施，使三个市的救灾工作稳步推进，确保了受灾群众生活尽快走上正轨。

李宏塔有一句经常挂在嘴边的话："服务群众是件幸福的事。"他的心和老百姓的心是连在一起的。

李宏塔担任省政协副主席，分管的工作包括扶贫。这是李宏塔喜欢的，因为他可以在工作中经常和困难群众打交道。

老百姓的事就是大事

调查研究是政协的一项重要工作，李宏塔便经常到基层去，到农村的贫困户去，到寄宿制学校去，到城郊的养老院去，到城区的老旧小区去，总之是哪里条件差他就到哪里去，那里的老百姓是他关注的重点。

于是，群众中传颂着李宏塔喜欢"微服私访"的故事，但是李宏塔并不认同这个说法。他说："我到群众中去从来不化装、不打扮，怎么'微服'了？我不埋名、不隐姓，名正言顺、正大光明，证明我不是'私访'。我到基层去不事先打招呼，那还是怕麻烦人家，我到哪里去都是熟门熟路，不需要领，不需要陪。"

李宏塔的父亲李葆华也不认同"微服私访"这个提法。李葆华的群众观念特别强，在安徽工作期间，他总是轻车简从，到群众中去了解百姓疾苦。一九六二年，李葆华担任安徽省委书记，到任后做的第一件事就是检查城镇居民的粮食供应配额。李葆华借了一个粮本，亲自到一家粮店去买粮，营业员给了他三斤大米、七斤红薯干。李葆华说："不对，国家规定的是每人每月七斤大米、三斤红薯干。"李葆华和营业员争执了起来。后来,当地粮食供应配额的问题得到了解决。

李宏塔和父亲李葆华一样,老百姓的事是他们最为关注的。

李宏塔的做法,和父亲李葆华的做法,是何等相似呀!

没有路的地方

李宏塔平时总是喜欢到基层去，到老百姓中间去，工作务实，从不做面子上的事。他开展调查研究有个特点，就是"一竿子插到底"，直接到老百姓家里去，这样可以摸到真实情况。在省民政厅工作期间，他每年至少有一半时间是行走在城市和乡村的大街小巷里。

皖北农村相对比较落后，困难群众比较多，李宏塔便经常去，而且事先不和基层领导打招呼，拎着个大水杯，带着一两个工作人员就直奔村里。

在农村，很多人家都养狗看家护院，狗机灵，一见到陌生人就大叫不止。狗一叫，村里人就知道是有生人来了。村里的领导和乡镇的领导就都来了，村民有所顾虑，这就很难了解到真实情况。

李宏塔觉得这样不行，因为搞调查研究最要紧的是需要了解真实情况，看来，要掌握真实的第一手材料并不容易。该怎么做呢？李宏塔琢磨出一个好办法。

这天，李宏塔带着工作人员来到一个村庄前，他对司机说："别停车，直接开进村，一直开到没有路的地方。"

司机不解，但还是按照李宏塔的要求开到了村街的尽头。

李宏塔微笑着说："我们下车。"

他径直走进了一户人家的院子里，冲着屋里问："有人吗？"

村民走出来，眯着眼睛打量着他们："你们是谁？"

李宏塔走上前，说："我们是省里的，来村里搞调查研究。到你家里坐坐，没问题吧？"

村民虽然有些疑惑，还是热情地把李宏塔他们让到了屋里。

李宏塔开门见山，向村民说明他们来的目的。

没有路的地方

"请你帮个忙,带我们去村里的贫困户家里看看,好吗?我想和贫困户本人好好聊聊呢。"

村民见这位省里来的领导和蔼可亲,很高兴,起身就带着李宏塔他们走出院子。

有村里人领着,狗就不叫了,李宏塔顺利地走进了贫困户家。

他和工作人员坐在贫困户家里,谈生活状况,谈收入情况,谈困难,谈增收的办法。

"村民们生活的主要经济来源是什么呢?"

"咱们村有几户贫困户哇?"

"针对困难群众的政策,落实得怎么样啊?救助金兑现得怎么样啊?"

由于没有村、乡镇干部在场,村民就没有顾虑,说出了很多真实情况。李宏塔把这些情况一一记录在本子上。

接着,李宏塔掀起锅盖,看村民吃什么;查看米缸,看大米的质量怎么样;打开村民接受救助金的存折,看是不是按时足额发放了。

一上午的时间,李宏塔和工作人员把村里的贫困户都走访了一遍,摸到了真实情况,李宏塔的心里有了底。

下午，李宏塔和工作人员一起去了乡镇，召开座谈会，听市、县和乡镇的情况汇报，共同研究解决问题的办法。

李宏塔管自己的这种做法叫"反向工作法"，这样，市、县、乡镇各级政府和有关部门在汇报工作时，就有一说一，讲实情，不敢掺杂水分。

李宏塔说："下乡调研的时候搞层层陪同，只能看到那些精心打造的'盆景'，只有离开公路，才能了解到最真实的情况。"

李宏塔记得父亲李葆华在安徽工作期间，就经常往乡下跑，往基层跑。李葆华的工作作风影响着李宏塔。李宏塔说："父亲总是要求我深入基层，一定要接触到底层，看到真的，反映真的。假如层层打招呼，层层带进去看，就不是原来那个样子了。"

一身土一脚泥地在乡村奔波，李宏塔与人民群众没有距离，心也紧紧地连在了一起。他以务实的工作作风，解决了很多实际问题。

有一次李宏塔在凤台县调研，看到一位八十六岁的五保户带着一个五十多岁的智障儿子生活，老太太腿脚不好，走路困难，却还要下农田干活儿。李宏塔详细了解情况后得知，当地对五保户的政策是额外划拨一部分田地，并免去税费，而这些人失去劳动能力了怎么办、生产成本怎么出等实际问题，却没有个具体明确的说法。

　　李宏塔将这一问题形成了一份书面报告，上报给安徽省政府，得到了省委、省政府以及民政部的高度重视，国务院领导最后做出批示，使问题得到了妥善解决。

孩子们的笑脸

李宏塔担任省政协副主席后,一直分管机关扶贫工作。他仍然坚持在省民政厅工作时的那种务实作风,搞调研,摸情况,找问题,喜欢"寻丑""揭短"。

二〇一二年五月的一天,李宏塔在凤台县新集镇胡岗村走访。从一家贫困户出来,李宏塔听到了一阵琅琅的读书声。他循着声音望过去,看到附近有一个院子,房屋已经十分破旧,而那读书声正是从这个院子里传出来的。

李宏塔便沿街走过去,看到院子的上空飘扬着一面红旗。

这是一所学校吗?李宏塔发出疑问。

走到院子的正门，果然看到这是一所小学。李宏塔的心一下子沉了下来。

只见学校不仅校舍破旧，操场也是泥泞不堪，空荡荡的操场上，连一件像样的体育器材都没有，仅有的两个篮球架子，也已经是千疮百孔，快要散架了。

只有孩子们那响亮的读书声，是这所学校唯一的亮点。

李宏塔对身边的地方干部说："走，我们进去看看。"

几个人走进学校，跟校长和老师了解了学校的情况后，李宏塔说："三百多个孩子，在这样的环境里学习生活，这可不成。学校已经这么破旧了，怎么不修缮一下？"

地方干部为难地说："财政困难，拿不出钱哪。"

李宏塔说："来，我们现场办公，一起研究一下，怎么改善学校的条件，校舍怎么修缮，需要多少资金。"

商定办法后，李宏塔说："资金的问题，我来想办法，一定要在今年秋天新学期开学时，让孩子们走进焕然一新的校园。"

走出校园后，李宏塔提醒地方干部："学校改造工程要做好，秋季开学了，我可是要来看的。"

返回合肥后，李宏塔为资金的事动起了脑筋，在与相关部门协调之后，筹措到十万元，作为胡岗小学改造工程的专项资金，及时拨付到位了。

李宏塔再三叮嘱凤台县的有关领导，要求把这笔来之不易的专项资金使用好，一定要专款专用，每一分钱都要花在胡岗小学改造工程上。得到了地方干部肯定的答复，李宏塔这才放下心来。

工作人员对他说："您'求人'筹措资金，可是破了例呀。"

李宏塔说："为自己的事，我从不求人。但是为了困难地区的孩子们，我求一回人也值了。"

资金问题解决了，学校改造工程便顺利展开，在放暑假学生离校期间得到加速推进，终于在新学期开学前完成了。

二〇一二年九月，开学了。李宏塔如约来到学校。他看到了修缮一新的校舍，平坦整洁的操场，崭新的篮球场地，操场边分布着各种体育运动器械。

更重要的是，李宏塔看到了孩子们的笑脸，那是欢喜的脸，那是调皮的脸，那是充满希望的脸。

蓝天下，学校的上空红旗鲜艳，迎风招展。

李宏塔笑了。

为了可爱的孩子

关注孩子，关注孩子的生活，关注孩子的生存环境，关注孩子的精神成长，一直是李宏塔牵挂在心的事。

这天，李宏塔在翻阅文件的时候，看到了一份研究报告，那是全国妇联发布的《全国农村留守儿童状况研究报告》，发布的时间是二〇〇八年二月。他仔细地研究了这份报告。

二〇〇八年一月，李宏塔担任安徽省政协副主席，分管扶贫工作，而农村留守儿童这个群体，与扶贫工作是紧密联系的。所以，李宏塔对这份刚刚发布的报告十分重视。

放下报告后，李宏塔陷入了沉思，一个个问题从他的心里涌了出来。

全国妇联的报告中提到的问题，在安徽是不是也存在？

安徽的留守儿童问题，达到了什么程度？

留守儿童们的生存状态具体是什么样的？孩子们有哪些问题亟待解决？

这些问题在李宏塔的心里不停地翻滚着。李宏塔坐不住了，他急切地需要知道这些问题的答案。

李宏塔决定到乡下去调查一下安徽农村留守儿童的问题。

拎着大水杯，李宏塔来到了乡村，走进一所小学校，和一个留守小女孩聊起天来。

"爸爸妈妈外出打工了，你和谁一起生活呢？"

"奶奶。"

"家里活儿多吧？你得帮助奶奶操持家务干农活儿吧？"

"是。"

"影响学习吧？"

"是。"

"爸爸妈妈多久回来一次？"

"过年的时候回来。"

"爸爸妈妈不在家,你最大的感触是什么呢?"

小女孩想了想,说:"心里空空的。"

"想爸爸妈妈吧?"

小女孩没有回答,只是用小小的牙齿咬着下唇。咬了一阵,她那小小的鼻子翕动了几下,轻声说:"不想。"

小女孩嘴里说着不想,泪水却无声地流了下来。

李宏塔的心揪在了一起。他摸着小女孩的头说:"爷爷看出来了,你是个可爱的孩子,也是个坚强的孩子。"

与留守儿童聊天,李宏塔了解到了很多过去不知道的事情,也掌握了留守儿童内心的真实想法。

在乡村,李宏塔做了大量的调查,与很多留守儿童进行了沟通,他的心里有数了。

于是,李宏塔坐下来,开始认真梳理自己搜集的第一手材料。

在城镇化不断发展的过程中,农村留守儿童的数量不断增多,而且一定会在较长的时间内成为儿童教育和管理的一个重要问题。因为农村教育水平较低，包括心理疏导等教育手段不够健全，农村留守儿童的教育问题呈现出越来越严重的状态。如何提升农村留守儿童的教育水平，疗愈他们的心理问题，是当下亟待解决的问题。

李宏塔清楚地看到了这一点。

接着，在深入基层进行调研的基础上，李宏塔系统地总结了目前农村留守儿童面临的几个突出问题。

生活问题：留守儿童的父母长期不在家，孩子们一般都是跟着爷爷奶奶或者外公外婆一起生活，饮食等各方面的生活质量得不到很好的保证，造成孩子的生长发育受到影响。

学习问题：留守儿童大都正在接受义务教育阶段，因为父母不在家，他们要帮助老人干农活儿、做家务，影响了他们的正常学习。个别孩子还产生了厌学的情绪。

心理问题：这是很多留守儿童都面临的问题。那个和李宏塔聊天的小女孩，就承受着沉重的心理负担，明明想爸爸妈妈，却流着泪说不想，这不是这个年龄的孩子应该承受的心理压力。亲情的缺失，使得有些留守儿童存在不同程度的心理障碍。

行为问题：一些留守儿童因为祖辈疏于管教，放任自流，在家庭教育和思想道德培养上严重欠缺，打架、闯祸等现象经常出现，有的孩子甚至出现了违法违纪的行为。

安全问题：有的留守儿童因为父母不在身边，经常受到同学、邻居的欺负。

面对这些问题，李宏塔的脑中一直闪现着那个含泪的小女孩的形象。他觉得，生活中一定还有千千万万个"小女孩"。农村留守儿童问题是个普遍的、综合性的社会问题，要解决留守儿童这个群体面临的问题，只有在更高的层面上来提出问题、采取措施、解决问题，才是根本的途径。

于是，李宏塔动手起草了一份政协提案——《关爱农村留守儿童》。

政协提案是政协委员履行委员职责、积极参政议政的一条主渠道，政协委员可以以提案的方式向党委和政府提出意见和建议。

为了可爱的孩子，李宏塔在撰写提案时倾注了自己浓浓的感情,在提案中提出了三个方面的建议:一是各级党委和政府要高度重视农村留守儿童的教育问题,共同构建农村留守儿童教育的社会监护体系;二是学校要发挥教育农村留守儿童的主阵地作用;三是家庭要承担起对农村留守儿童教育的监护引导职责。

二〇一八年八月,李宏塔退休了。

李宏塔是二〇〇八年一月经过选举当选为安徽省政协副主席的,在这个岗位上工作了十年多。他始终坚持一切为了人民群众的理念,只要有空闲时间,就会深入基层进行调研,听取来自人民群众的呼声和建议,并通过政协提案等方式,反映情况和问题,提出意见和建议。他用自己的实际行动,传承着祖父和父亲流传下来的良好家风,让自己的心始终和人民群众连在一起。

荣获"七一勋章"

李宏塔曾经动情地说:"二〇二一年,对我来说是浓墨重彩的一年。无论是六月二十九日,在人民大会堂从习近平总书记手中接过'七一勋章'的那一刻,还是七月一日中国共产党百年华诞,在天安门广场见证历史性盛典的那一刻,我都激动万分,心潮澎湃。"

二〇二一年七月一日,是中国共产党成立一百周年的日子。中国共产党决定以中共中央名义,在建党百年之际,向为党和人民做出杰出贡献、创造宝贵精神财富的二十九名党员授予"七一勋章",李宏塔是其中之一。

这是首次以中共中央名义颁授"七一勋章"。

经中共中央批准,二〇二一年六月二十九日上午十时,"七一勋章"颁授仪式在北京人民大会堂隆重举行。

在雄壮的《忠诚赞歌》乐曲声中,中共中央总书记、国家主席、中央军委主席习近平亲自将"七一勋章"颁授给李宏塔。

中共中央对李宏塔的评价是:共产党人革命传统、优良家风的传承人,始终艰苦朴素、严于律己,在每个岗位上都践行党的根本宗旨,当好人民"勤务员",树立了党员领导干部忠诚干净担当的典范。

二〇二一年七月一日上午,庆祝中国共产党成立一百周年大会在北京天安门广场隆重举行,各界代表七万余人参加了这次盛大的欢庆仪式。

李宏塔和其他"七一勋章"获得者被邀请登上庄严的天安门城楼观礼。站在天安门城楼上,李宏塔看到,天安门广场上高大的中国共产党党徽和"1921""2021"的巨型字标特别醒目。广场东西两侧,一百面红旗正在阳光下迎风招展。

习近平总书记在大会上发表了重要讲话,代表党中央号召全体共产党员："永远保持同人民群众的血肉联系，始终同人民想在一起、干在一起，风雨同舟、同甘共苦，继续为实现人民对美好生活的向往不懈努力，努力为党和人民争取更大光荣！"李宏塔认真地聆听，把习总书记的话记在心里。

多年来，李宏塔无论是在共青团，还是在省民政厅、省政协工作，都是这样去做的。但是，在现场聆听了习近平总书记的重要讲话，李宏塔觉得自己做得还远远不够，他感到自己虽然工作上退休了，但是为人民服务的职责不能退休，践行党的根本宗旨不能退休。

虽然荣获了"七一勋章"，但是李宏塔的内心是冷静和清醒的。

所以，当有记者问李宏塔获得"七一勋章"的感受时，他谦逊地说，这是对自己的鞭策，自己还不够格，还需要继续努力。

当记者提到李宏塔是红色后代这个身份时，李宏塔认真地说，老子再红那是老子，爷爷再牛那是爷爷。这不值得夸耀，更不是资本，而是比其他人更重的责任。

记者请李宏塔回顾工作上的闪光点时，李宏塔只是平静地说，这是我应该做的，没什么。

回到合肥后，因为获得了"七一勋章"，李宏塔平静的生活出现了一些变化，一些记者、单位纷纷采访他，请他谈感受、做报告。对此，李宏塔始终保持着清醒的头脑，他在思考一个问题：自己获得的这个"七一勋章"，应该存放在一个更有意义的地方。

最后，李宏塔决定，把象征党内最高荣誉的"七一勋章"捐赠给李大钊纪念馆。

二〇二一年七月十四日，李宏塔和妻子赵素静回到了故乡河北省乐亭县，他的祖父、父亲都出生在这里。在李大钊纪念馆报告厅内，李宏塔亲手将"七一勋章"交到了县委领导的手中。

李大钊就义前，曾慷慨陈词："不能因为你们今天绞死了我，就绞死了伟大的共产主义！我们已经培养了很多同志，如同红花的种子，撒遍各地。我们深信，共产主义在世界、在中国，必然要得到光荣的胜利！"

李大钊的预言得以实现，在中国共产党的领导下，中国革命取得了一个又一个伟大胜利。

李宏塔感到，将中国共产党人的奋斗历程传播开来，将红色基因传承下去，是一件十分有意义的事情。

二〇二一年底，在接受记者采访时，李宏塔说："一代人有一代人的使命和担当。把历史故事讲给现代人听，把革命故事讲给年轻人听，坚持弘扬伟大建党精神、赓续红色血脉，也是我退休后一直在做的事情。"

二〇二一年九月一日，在新学期开学之际，李宏塔来到中央电视台《开学第一课》节目，为莘莘学子讲述了祖父李大钊用生命捍卫共产主义理想的故事。

二〇二一年十一月，李宏塔应中央电视台《故事里的中国》节目组的邀请，来到北京大学红楼，讲述当年祖父李大钊"播火"的故事，和北京大学"大钊班"的学生们一起诵读《青春》选段。

……

李大钊曾说："铁肩担道义，妙手著文章。"

李葆华曾说:"我们只有一个权利:为人民服务。"

李宏塔曾说:"革命传统代代传,坚持宗旨为人民。"

李宏塔是这样说的,也是这样做的。他始终把红色家风当作传家宝,艰苦朴素、严于律己,在每个岗位上都践行党的根本宗旨,当好人民"勤务员"。

三代人的言行,清晰地描画出一代代共产党人的追求。革命家风代代传承,书写了共产党人心里时刻装着人民群众的朴素情怀。

红色家风代代传

家风，是指家庭或家族世代相传的风尚，是给家中后人们树立的价值准则和处世方法。

家风的传承主要通过每代人的言传身教，也有很多写成文字传播下来。

家风是一种无言的教育，润物无声地影响着孩子的心灵。

李宏塔曾说："我可以从父亲的身上看到我祖父的样子，父亲跟着祖父学，我就跟着父亲学，一代一代往下传。"

李宏塔还撰写了一副对联：革命传统代代传，坚持宗旨为人民。这副对联既是自勉，也是为了教育儿子李柔刚，目的是把李大钊的良好家风一代代传承下去，不忘初心，沿着先辈的足迹继续往前走。

为人民，是李大钊革命家风的鲜明特色。

李宏塔是一九六九年在合肥化工厂当工人的时候认识赵素静的。他们在工作和生活中产生了感情，一九七一年领了结婚证。可是，因为当时没有房子，后来李宏塔又去合肥工业大学上学，因此一直没有办婚礼。

一九七七年十月一日国庆节那天，李宏塔和赵素静请几个要好的战友和工友一起吃了顿饭，举办了简单的婚礼。这个婚礼，他们整整拖了六年。

一九七八年十二月十二日，李宏塔的儿子出生了。他请父亲李葆华给孩子起名字。李葆华略做沉思，给孙子起名叫李柔刚。

如何教育儿子，李宏塔仍然沿袭父亲李葆华的做法：言传身教。

李宏塔用自己一心为民的工作作风、廉洁自律的行为规范，和风细雨般地影响着李柔刚。

赵素静也用自己的实际行动，践行着李大钊的革命家风，给李柔刚做出榜样。她努力克服生活和工作中的困难，从不利用丈夫李宏塔和公公李葆华的关系为自己谋取便利。她孝敬公婆，把老人照顾得十分周到。她是一个好妻子、好母亲、好儿媳。

李柔刚一点点长大了。到了一九九六年，李柔刚面临高考，学习任务很重。可是他家的住房条件差，李柔刚只能在房间的一个角落里学习。下班后妈妈要做饭，爸爸还要打电话处理单位的事情，有时，家里还会有爸爸单位的人来谈工作，这都给李柔刚的复习带来了不小的影响。

李柔刚知道爸爸在民政厅工作，两袖清风，几次放弃本来可以分得的房子。而班级里其他同学家里都有一个独立的书房，可以安静地学习，李柔刚很是羡慕。但是他不敢和爸爸提起，就悄悄地和妈妈说自己的心情。妈妈理解儿子的苦衷，又知道丈夫李宏塔清正廉洁的家风传承，便做儿子的工作，给儿子讲曾祖父李大钊、祖父李葆华的清廉故事。

李柔刚理解了父亲，不再纠结学习环境的问题，一心投入高考复习中。

这一年，李柔刚以优异的成绩被中国人民解放军电子工程学院录取，成为一名军校大学生。

在大学里，李柔刚按照曾祖父李大钊的教诲来规范自己的言行："凡事都要脚踏实地去作，不驰于空想，不骛于虚声，而惟以求真的态度作踏实的工夫。以此态度求学，则真理可明；以此态度作事，则功业可就。"

李柔刚不仅学业优秀，还积极要求进步，在思想上积极向党组织靠拢。一九九八年十月，李柔刚光荣地加入了中国共产党。这一年，他正读大三。

多年后，李柔刚回忆起入党宣誓的情景时，依然十分感慨。"时隔这么多年，具体的情形已经记不清了，只记得宣读到最后八个字'牺牲一切，永不叛党'时，心里突然为之一震。"

李柔刚心里一震，是因为读到这八个字，让他想起了自己的曾祖父母李大钊和赵纫兰、祖父母李葆华和田映萱、父亲李宏塔和母亲赵素静，这是他们用一生去恪守的对党组织的庄严承诺！

二〇〇六年，李柔刚取得博士学位后，留在母校做了一名大学教师。二〇一〇年秋，李柔刚被选派到俄罗斯学习。二〇一三年，李柔刚在俄罗斯取得硕士学位，回国继续任教。

小时候，李柔刚对曾祖父李大钊的印象是悬挂在家里的对联："铁肩担道义，妙手著文章。"后来李柔刚上了中学，通过课本、资料以及各种媒体，了解了曾祖父的更多事迹。

比较起来，李柔刚和爷爷李葆华的交流就多了，他常常和爷爷下围棋。更多的时候，他喜欢听爷爷讲革命故事。爷爷也十分关心他的成长，李柔刚在这样的交流中潜移默化地受到了爷爷的影响。

在爸爸李宏塔身上，李柔刚学到的东西更多、更具体。爸爸那种一心为民的作风、与人民群众之间的深厚感情，深深地影响着他。

李宏塔荣获"七一勋章"后，按照政策，组织上每月给他一定的生活补贴，但是他没要，都作为特殊党费上交了。除了这些，李宏塔还先后交纳特殊党费二十余万元。李宏塔说："作为一名老干部、老党员，想通过交纳特殊党费的方式，表达对党的感恩之心，请组织收下这笔党费！"

李宏塔的言传身教，对李柔刚的影响很大。传承优良家风，也成了李柔刚的自觉行动。二〇二〇年七月，合肥发洪水，省市防汛部门要求国防科技大学电子对抗学院组织抗洪抢险突击队。在该校任教的李柔刚响应号召，向学院党组织递交请战书，奔赴抗洪抢险一线。他和大学生们一起冲锋在前，运沙袋，筑防水堤，一身泥水一身汗水地摸爬滚打，终于战胜了洪水。

二〇〇九年十二月，李柔刚有了心爱的女儿。孙女每次来到爷爷李宏塔家，总要让爷爷给她讲祖辈的故事，常常会感动得热泪盈眶。爷爷给她讲的那些故事，在她的心里，有了和别的孩子不一样的感受，那是来自家族血脉的传承，那是祖辈们在她的心里留下的奋进足音。

家风对一个人的影响是巨大的，从李大钊树立的"忠于信仰、严守节操、清正勤谨、恭德慎行"革命家风，到李葆华坚持的"牢记初心、忠诚为民、修身律己"，再到李宏塔坚守的"艰苦朴素、严于律己、一心为民"，清晰地反映出李大钊革命家风的道德风尚和价值标准。

李大钊的革命家风，在新时代，不仅影响着李家的后代，也影响着千千万万的年轻人。